RINOCÉROX

Serge Brussolo

RINOCÉROX

Éditions Vauvenargues

DU MÊME AUTEUR

Le Livre de Poche - *Hachette*

L'Armure de vengeance
Avis de tempête
Baignade accompagnée
La chambre indienne
Le château des poisons
Le chien de minuit
Conan Lord
Les emmurés
Les enfants du crépuscule
La fille de la nuit
Iceberg Ltd
Le labyrinthe de pharaon
La main froide
Le manoir des sortilèges
Le murmure des loups
Le nuisible
Les prisonnières de pharaon
Le sourire noir
Pèlerins des ténèbres
La captive de l'hiver
La princesse noire

ISBN : 2-7443-1010-7

PREMIÈRE PARTIE

La souris de Waterloo

CHAPITRE PREMIER

Souvent, David revivait en rêve l'arrivée du Rinocérox. La vibration du sol d'abord, comme une démangeaison sous la plante des pieds, quelque chose d'agaçant qui vous donnait envie de vous gratter, puis l'enchaînement des petits éclatements secs, comme des gifles. Paf-paf-paf. Il lui avait fallu un moment pour comprendre qu'il s'agissait en réalité du bruit des cailloux explosant sous la formidable pression des chenilles-squelette. En voyant le char à l'œuvre il avait enfin entrevu l'incroyable puissance de l'engin. Au premier abord, on avait l'illusion qu'un pan de roche jaune s'était détaché d'une falaise pour rouler sur la plaine désertique. Ça n'avait pas l'aspect d'une machine fabriquée par l'Homme, ça semblait naturel, plein de bosses, de saillies, de crevasses. C'était comme une vilaine sculpture taillée dans la pierre par des sauvages pas très doués ; une espèce d'idole aplatie dont on ne savait si elle était pourvue d'une trompe, d'une corne, d'un long nez... ou d'une interminable quéquette ! Cette dernière possibilité faisait rire aux larmes les gosses de la tribu. En fait, il fallait de bons yeux pour s'apercevoir que la longue excroissance jaillissant du rocher ambulant était en fait un canon. *Un énorme canon...*

Lorsque le char s'arrêtait pour prendre l'affût, il devenait difficile de le repérer tant la carapace de camouflage qui le recouvrait se confondait avec le décor ambiant.

– On les a maquillés pour ça, expliquait Suzie en frottant son joli petit nez brûlé par les coups de soleil. Sur certains d'entre eux, le blindage qui imite la roche a été tapissé d'herbe artificielle, et même d'arbres en plastique.

C'était vrai. David avait ainsi vu rouler des collines qu'il avait d'abord cru enracinées sur la plaine depuis des millénaires. On s'imaginait contempler une falaise, une aiguille rocheuse, et tout à coup cet élément de paysage se mettait à bouger, glissant au ralenti comme dans un rêve. On se frottait les yeux pour se convaincre qu'on n'était pas victime d'une illusion... puis on se mettait à courir. Courir était la seule chose à faire. Courir vite. Très vite.

Tout le paysage était truqué et l'on ne pouvait être sûr de rien. Cette falaise déchiquetée, c'était peut-être une forteresse hérissée de canons, ce piton rocheux : un missile sur sa rampe de lancement. Tout était suspect, le moindre caillou, le plus petit bosquet.

Suzie racontait qu'elle avait découvert un jour une batterie de canons anti-aériens maquillés en bouleaux. Le fût des armes avait été gainé de cette matière spéciale, réfractaire aux chaleurs les plus intenses, et qu'on pouvait modeler facilement pour lui donner l'aspect de l'écorce, du calcaire, du granit...

Lorsqu'on savait cela, on se mettait à douter de tout et l'on avançait avec circonspection. David se rappelait avoir exploré les ruines d'une fausse église en plastique dont le clocher s'était révélé un missile prêt à s'envoler dès que les ordinateurs stratégiques lui en donneraient l'ordre.

Mais les chars étaient ce qui se faisait de mieux en matière de camouflage. Lorsqu'ils n'étaient pas endommagés, ils se déplaçaient dans le plus complet silence, et l'on ne détectait leur approche qu'à la dernière seconde, quand le sol commençait à vibrer et les pierres à éclater sous la pression des chenillettes. Il y avait quelque chose de magique à voir dériver ces monstres entre les cratères trouant la plaine, car ils étaient pour la plupart énormes et conçus pour tout laminer sur leur passage. Aucun obstacle ne pouvait infléchir leur course. David les avait vus traverser la muraille d'une enceinte fortifiée comme on plonge le poing dans la glaise. La puissance de leurs moteurs défiait l'imagination, et c'est à peine si on les entendait gronder au moment où la machine écrasait une maison. À cause d'eux, rien ne semblait solide, et l'on ne savait plus en quel matériau placer sa confiance.

– Quand les maisons s'écroulaient… chuchotait Suzie le soir lorsque la tribu des enfants se rassemblait en un cercle craintif. Quand les maisons s'écroulaient, au début de la guerre, on aurait dit qu'elles étaient en carton. Des maisons de poupées sur lesquelles on vient de poser le pied.

Elle avait raison. Rien ne résistait au passage du char. Le char aplatissait tout, enfonçant dans le sol les objets les plus solides. Les voitures, les camions se changeaient ainsi en de beaux crachats de métal luisant sans plus d'épaisseur qu'une plaque de tôle. Des villes entières s'allongeaient dans la poussière, telles les toiles peintes d'un décor abattu. C'était curieux de se promener au milieu de ces boutiques, de ces stations-service si plates qu'elles avaient l'air peintes sur l'asphalte, en trompe-l'œil. C'était un peu effrayant de découvrir à quel point le monde bâti par les adultes s'était révélé, à l'usage, dépourvu de la moindre solidité. David en éprouvait un réel agacement, comme s'il avait été victime d'une escroquerie.

Les chars s'immobilisaient parfois des semaines entières, et la poussière du désert les recouvrait d'une pellicule poudreuse qui ajoutait à leur maquillage, achevant de les rendre indétectables. Dans ces périodes d'attente, le canon télescopique se rétractait au sein de la tourelle de tir, devenant invisible, et l'on n'avait plus sous les yeux qu'un monticule de caillasse couronné de broussailles sèches, une colline aride n'offrant nul endroit où se protéger du soleil. À cause de ces déguisements, il fallait se méfier de tout.

Tout est creux, murmurait Suzie en serrant la main de David. Tout est faux. Vous croyez voir une montagne, et c'est une base aérienne déguisée, les militaires se sont infiltrés partout. Des portes s'ouvrent au flanc des collines, les arbres sont des périscopes. Je ne suis même pas certaine que les nuages soient réels.

Les gosses hochaient la tête en écoutant parler la jeune fille. Elle avait treize ans, bientôt elle entrerait dans la catégorie des Menacés, et il faudrait bien se résoudre à la chasser de la tribu si l'on ne voulait pas qu'elle apporte le malheur. Suzie ne l'ignorait pas, et cette échéance lui faisait peur. Elle se tournait vers David et disait d'une voix suppliante : « Pourtant, j'ai encore l'air d'une petite fille, non ? Regarde, je n'ai presque pas de seins, je me ronge les ongles, je chante des chansons idiotes. Parfois, quand je joue avec les gosses, je prends autant de plaisir qu'eux. On ne peut pas dire que je sois une adulte, si ? »

David ne savait que lui dire. Treize ans c'était le mauvais âge, les renifleurs des machines de guerre semblaient avoir été réglés pour détecter les changements hormonaux qui surviennent à cette période de la vie. Dès qu'ils vous avaient repéré, on devenait un Menacé, quelqu'un sur qui la foudre pouvait s'abattre à tout instant.

Et pourtant Suzie n'avait pas son pareil pour raconter la guerre, pour décider de ce que l'on devait faire. Même les « petits », ceux qui se promenaient tout nus parce qu'on n'avait plus de vêtements à leur donner, avaient pris l'habitude de lui obéir sans trop rechigner. Ils l'appelaient Môman, et seraient tous très ennuyés quand elle devrait se séparer du groupe pour s'en aller attendre la mort, à l'écart, d'ici un mois ou deux. Les autres filles de la tribu étaient trop jeunes et trop timorées pour remplacer Suzie, et sa perte creuserait un trou dans les rangs des survivants.

Depuis quelque temps, David se surprenait à observer la jeune fille à la dérobée. Elle était maigre comme un chat, brunie par le soleil et la poussière de la plaine, son visage s'enveloppait d'une broussaille de cheveux noirs crépus qui lui faisait une curieuse crinière. Elle allait à demi nue, comme presque tous les survivants, les hanches à peine enveloppées d'un chiffon loqueteux, s'appuyant sur un bâton qu'elle utilisait pour frapper les rochers, les pierres, les arbres.

« S'ils sonnent creux, c'est qu'ils sont faux, déclarait-elle. Alors, il faut s'en éloigner au plus vite. Mettez-vous bien ça dans la caboche, bande d'apprentis crapauds. »

On savait qu'elle se trompait rarement. Elle venait de la grande zone de feu, là où les bombardements avaient été intenses, et l'on admettait sans trop de mal qu'elle sache plus de choses qu'un garçon, ce qui à première vue peut surprendre.

Lorsqu'il lui arrivait de se laver, Suzie dévoilait une peau rouge, comme éclaboussée d'encre. Elle disait que ces dessins, ces taches, provenaient des matières chimiques libérées par les obus, et qu'elles ne s'effaceraient jamais, même si on les frottait avec une brosse et du savon. Mais on n'avait plus ni brosse ni savon, et puis « jamais », ne voulait pas dire « très longtemps » quand on atteignait l'âge de la Menace.

David essayait de ne pas trop regarder Suzie. Quand elle lui parlait, il s'arrangeait pour lui répondre sans tourner la tête, la conservant hors de son champ de vision. C'était une manière de l'effacer, de se préparer à sa disparition prochaine. Cette idée nouait une boule désagréable et énervante dans la poitrine du garçon, mais la loi était la loi. Bientôt les renifleurs passeraient, oiseaux de fer volant en rase-mottes, enregistrant des millions de données à la seconde, engrangeant les clichés, les thermo-analyses, passant au scanner le moindre survivant...

On les entendait chuinter avant de les voir, chauve-souris de fer déchirant l'air épais dans un bruit de tissu fendu. Elles filaient sans s'arrêter, vous couvrant une brève seconde de leur ombre, mais cette fraction de seconde suffisait à vous rendre transparents. Le temps d'un battement de cœur, les sondes vous avaient décortiqués. « Les rayons rentrent par les oreilles et sortent par le trou du cul, rigolaient les mioches, ça chatouille. » Puis les oiseaux-sondes disparaissaient comme ils étaient venus, laissant à tous l'impression curieuse d'avoir été traversés par une main fantôme.

La plaine ne ressemblait plus vraiment à une plaine. C'était une peau morte, couturée comme un vieux cuir. « Le cuir d'un éléphant ayant affronté vingt tigres, rêvait cet échalas d'Antonin. C'est un vieux mâle que les sauvages ont essayé de tuer à plusieurs reprises, et toutes les sagaies, et toutes les pointes de flèches qu'on lui a expédiées sont restées plantées dans sa chair, sous les cicatrices, et... »

On le laissait délirer en admettant qu'il y avait quelque chose de vrai dans sa définition du paysage. La plaine était une vieille peau sans poil, pleine de rides, de crevasses, de blessures béantes. On sentait qu'elle était trop lasse, trop épuisée pour songer à cicatriser. Elle ne saignait même plus, elle se laissait saccager avec une indifférence hautaine de martyr consciencieux.

Les chars la parcouraient en tous sens, et leurs chenillettes, ces grandes plaques d'acier articulées, réduisaient en poudre chacune de ses pierres. On en avait plein la bouche de cette poussière de roche broyée, et lorsque le vent se mettait de la partie, le granit moulu vous mettait les épaules et le visage à vif.

Le plus grand danger venait donc des chars, insensibles aux méfaits de l'usure. Les machines volantes étaient presque toutes tombées en panne, on n'en voyait plus guère dans le ciel, mais les chars, leur avaient survécu. À peu près indestructibles, ils surgissaient, poursuivant une mission dont personne ne se souciait plus. En les regardant passer, on se demandait comment de telles masses d'acier pouvaient se mouvoir. Certains étaient aussi hauts qu'une maison de quatre étages et leurs chenilles laissaient des traces profondes dans le sol. Amphibies, ils pouvaient se déplacer sous l'eau, remonter le lit des fleuves en immersion prolongée, comme de véritables sous-marins. De près, on s'apercevait que leur revêtement de camouflage imitant la roche avait en partie sauté, révélant le blindage boulonné de leur dos ou de leurs flancs. C'est qu'ils se canonnaient parfois les uns les autres, par-dessus les collines et les ruines, tels des dinosaures se disputant l'exclusivité d'un territoire. Et ces prises de bec leur laissaient de profondes cicatrices. David n'était pas capable de les identifier. Personne parmi les enfants de la tribu ne se souvenait des emblèmes des anciens belligérants. Au début, les adultes (à l'époque où il y avait encore beaucoup d'adultes) avaient coutume de s'écrier :

« Celui-là c'est un des nôtres ! » , mais David avait peu à peu appris que cette notion ne recouvrait rien. Les « nôtres » vous écrasaient comme les « leurs » quand vous aviez le malheur de vous trouver sur le passage des gigantesques plaques d'acier du train chenillé.

Les chars laminaient les forêts, les villes, les réverbères, les poteaux télégraphiques. Un jour la terre serait entièrement plate, sans plus rien qui dépasserait du sol.

« Un crâne chauve, chantonnaient les mioches. Comme ça on pourra voir jusqu'au bout du monde ! »

Ouais, marmonnait David. Sauf qu'il n'y aurait plus rien à voir, que la peau vérolée de la plaine s'étendant à l'infini, avec ses cratères d'explosions, ses impacts de bombes, ses ruines moulues par le passage des chars... Un spectacle à se cacher la tête au fond d'un sac.

Les chars étaient indestructibles, c'était là leur grande différence avec les dinosaures. Les monstres de la Préhistoire avaient disparu, victimes des cataclysmes, mais les chars, eux, avaient été bâtis pour durer un million d'années, ou plus encore. Rien jamais ne les userait, ni le feu, ni le froid, ni la glace, ni la rouille. Quand la Terre ne serait plus qu'une boule désertique tournant dans le cosmos, ils rouleraient encore dans la grande nuit stellaire, poursuivant leur interminable ronde avec une obstination de bête stupide, canonnant des cibles invisibles n'existant que dans l'imagination de leurs ordinateurs défectueux.

Des villes entières avaient disparu sous le feu des canons, et leurs ruines avaient été réduites en poussière par la pression des chenillettes. Le vent les avait emportées au hasard de bourrasques que ne ralentissait plus aucun obstacle. Giflés par le sirocco, les enfants se passaient la langue sur les lèvres : « C'est de la poussière de Paris, décrétait Suzie. Je la reconnaîtrais entre mille, mais elle s'est mélangée au passage à celle de Lyon, c'est net. »

On riait pour oublier la peur. Et l'incertitude de ce paysage déguisé, où chaque monticule pouvait cacher une batterie antiaérienne automatisée. David ne pouvait s'empêcher de cogner du poing ou du talon sur le sol, cherchant à détecter l'écho suspect d'un bunker, d'un arsenal maquillé en colline. Lorsqu'on escaladait une montagne, on ne pouvait jamais savoir si l'on n'était pas en train de se promener sur le flanc d'un missile de croisière attendant un ordre de décollage imminent. Pour se protéger des satellites-espions, les militaires avaient tout enfoui, tout enterré, ne laissant aucune installation visible. Les caméras pouvaient balayer le terrain mille et mille fois, elles ne verraient rien que de très banal : des roches, des arbres, des cailloux, des buissons. Les engins de mort se cachaient au fond des mares, des lacs, dans les profondeurs de la terre, cibles indiscernables...

David écoutait les échos courant dans le désert. Le son portait loin maintenant qu'il n'y avait plus de villes pour faire écran. Le vent promenait les chansons, leur faisant faire le tour de la Terre. Parfois il vous soufflait aux oreilles des bribes d'appels lointains, en provenance d'autres tribus, qu'on ne parvenait pas toujours à déchiffrer.

On ne savait où s'arrêter. Bivouaquer, dormir, posait toujours un problème. Les chars se déplaçaient vite et silencieusement, ils pouvaient vous aplatir en plein sommeil. David avait bien essayé d'instaurer un tour de garde, mais les gosses étaient trop jeunes pour veiller. Après une journée de marche, ils s'abattaient sur le sol, le pouce dans la bouche, et laissaient le sommeil les engloutir. Il était difficile de choisir un bon emplacement pour le campement. La terre se révélait partout labourée par les traces des chars d'assaut. Il n'existait pas un endroit qui soit intact. Souvent la pluie stagnait dans les empreintes rectangulaires laissées par les plaques d'acier du train chenillé. Par temps sec, ces marques dessinaient comme des tombes fraîchement creusées sur l'étendue de la plaine. Des centaines de tombes alignées à intervalles réguliers. Et chacune d'elles était assez profonde pour qu'un enfant s'y couche comme dans une vraie sépulture... Ces fosses parfaites, courant jusqu'à la ligne d'horizon, avaient sur David un effet déprimant.

– On dirait un cimetière en attente, disait-il à Suzie. C'est comme si une machine fossoyeuse ne cessait de préparer de nouveaux enterrements.

La petite main dure de la jeune fille se refermait sur son épaule. « Pensées du soir, cafard » chantonnait la jeune fille en agitant sa crinière noire. « Pensées du soir, cauchemar » ajoutait David. Mais, au fil du temps, la ritournelle avait fini par perdre tout pouvoir magique. Le moment où l'angoisse se manifestait avec le plus de force, c'était quand le jour baissait à l'horizon et qu'il fallait se décider à dresser un campement. Marcher la nuit était trop dangereux, les cratères d'explosion qui parsemaient la plaine ouvraient sous vos pas de véritables abîmes. On racontait que certaines bombes avaient traversé la planète de part en part avant d'aller se perdre dans le cosmos. Leur trajectoire rectiligne avait ouvert dans le sol des tunnels aux parois lisses, vitrifiées par la chaleur, et dans lesquels on aurait pu ramper sans s'écorcher les mains. On disait que certaines de ces galeries débouchaient en Chine, en Australie, au Pôle Sud, selon l'angle de pénétration empruntée par le projectile. Il était difficile d'empêcher les plus petits de se lancer dans ces boyaux dont les échos exerçaient sur eux une véritable fascination. Ils plongeaient la tête dans le trou pour hurler des obscénités enfantines, s'imaginant avec fierté que leurs insultes s'en allaient retentir de l'autre côté du Globe. Souvent il fallait les rattraper in extremis au moment où – à force de se pencher – ils allaient basculer sur la pente du toboggan ténébreux. Ils pleurnichaient, se débattaient. « Laisse-moi, j'veux aller chez les Chinois, j'veux jouer à la glissade dans le drôle de tuyau ! »

Suzie s'armait alors de patience pour tenter de leur expliquer que les glissades à l'intérieur des tunnels étaient dangereuses. Voire mortelles.

– On va de plus en plus vite, disait-elle. Et à la fin le frottement des parois vous arrache la peau. On se retrouve écorché vif. C'est à cause de l'inclinaison et de la vitesse...

Mais les petits restaient maussades et incrédules. Moins patient, David leur distribuait des torgnoles. L'intrépidité des mioches l'agaçait. Il les aurait encore préférés gémissants et terrifiés.

(Comme il l'était lui-même ?)

Et puis pourquoi aller en Chine, en Australie ? On savait bien que tous les pays se ressemblaient désormais. Partout c'était la même plaine nue, les mêmes ruines moulues, réduites en poudre par les allées et venues des chars de patrouille. Ici ou ailleurs, c'était le même merdier. Un désert criblé de trous où l'on risquait à tout moment de disparaître.

David ne jouissait pas d'une bonne vision nocturne, comme les héros des bandes dessinées d'avant la guerre. La nuit, il avait le plus grand mal à voir ses pieds, et à une ou deux reprises il avait bien failli disparaître dans l'un de ces tunnels chinois. Depuis, il dressait le bivouac dès que le ciel devenait rouge entre les fumées des incendies qui ne s'éteignaient jamais. Le choix d'un emplacement relevait du pur casse-tête, car on ne savait où s'allonger. On n'était nulle part à l'abri. Les chars escaladaient ou écrasaient les tertres et les monticules. Lorsqu'un obstacle naturel les gênait, ils n'hésitaient pas à le pulvériser d'un obus bien placé. Il n'était pas rare de les voir s'acharner sur une colline, la bombardant, l'éparpillant, puis en écrasant les débris, comme si on leur avait donné l'ordre de faire de la Terre une surface arasée. Où dormir dans ce cas sans courir le risque de finir aplati comme une crêpe ? David n'avait pas de réponse au problème. S'arrêter relevait toujours du coup de poker, du pari pur et simple. Si encore les gosses avaient été capables de monter la garde comme de vrais soldats, mais si la tâche les enthousiasmait, ils se révélaient vite de piètres sentinelles, et on les retrouvait recroquevillés en chien de fusil, le pouce dans la bouche, dormant d'un profond sommeil. David, lui, essayait de rester vigilant.

De toute manière, il dormait mal comme tous les enfants nés dans les premiers temps du conflit, et chaque fois qu'il perdait conscience c'était pour sombrer dans un tourbillon de cauchemars dont il ne soufflait jamais mot, pas même à Suzie. Ouais, décider du lieu d'un bivouac était un véritable casse-tête. Au début, obéissant à un instinct ancestral, on s'était systématiquement installé sur les éminences rocheuses dominant la plaine. On s'était vite rendu compte que tout ce qui dépassait un tant soit peu du sol était pris pour cible par les chars et arrosé d'obus jusqu'à complet aplatissement. Et puis les collines pouvaient se révéler des arsenaux dissimulés bourrés d'armes chimiques. À force d'encaisser des coups, beaucoup de ces containers fuyaient, laissant suinter des substances mortelles qui s'élevaient dans les airs par les fissures du béton. Combien de clans s'étaient ainsi endormis au sommet d'un tertre apparemment tranquille pour se réveiller, la chair gangrénée jusqu'à l'os ?

David se défiait des « jolis points de vue », des clairières, des petits bois, partant du principe que s'ils avaient réussi à survivre au déluge de feu c'était justement parce qu'ils étaient ignifuges, donc synthétiques. Une telle philosophie ne lui laissait pas grand choix et lui attirait la haine des gosses. « Là-bas ! braillaient-ils, on campe là-bas, y'a un lac ! On pourra nager ! » Mais David refusait obstinément. La plupart des points d'eau étaient empoisonnés par les retombées chimiques des explosions. Les mares avaient toutes un éclat diapré annonciateur de mort, à peine en avait-on avalé une gorgée qu'on se retrouvait les lèvres noires et que vos dents commençaient à s'émietter. La merde totale, quoi... pour se désaltérer, on ne pouvait guère compter que sur l'eau des pluies récentes.

Le bivouac... À bout de forces on le dressait au

beau milieu de la plaine, entre les traces des chars, misant sur le fait que les monstrueux blindés avaient été programmés pour respecter un itinéraire immuable. David n'avait pas grande confiance dans cette théorie. Les chars n'étaient pas des locomotives montées sur des rails solidement ancrés dans le sol, et puis beaucoup d'ordinateurs se révélaient aujourd'hui déréglés, moulinant des données fantaisistes.

Le bivouac... Finalement, on choisissait un carré de terre vierge entre les lacérations des chenillettes. « On dirait qu'ils ne viennent jamais par ici » disait quelqu'un. C'était la phrase rituelle, une espèce de formule magique censée prendre la chance au piège et la retenir prisonnière, l'espace d'une nuit, au-dessus du maigre feu de camp. Car il fallait allumer un feu pour affronter la température glaciale et l'humidité du sol. Il ne faisait chaud que dans les régions où brûlaient des réserves de carburant ou de munitions. David connaissait plusieurs arsenaux qui flambaient ainsi depuis trois ou quatre ans sans donner le moindre signe d'une extinction prochaine. Dans ces coins-là la terre était agréablement tiède, et l'on pouvait s'y étendre nu sans jamais regretter l'absence de couverture. Mais David faisait toujours décrire à la tribu de grands crochets pour éviter les zones incendiées.

– T'es pas marrant, se plaignaient les mioches. On veut l'été, on veut aller en vacances aux réservoirs.

Dans leur esprit, ils assimilaient la plaine à l'hiver, et l'été à ces flammes gigantesques qui s'échappaient en ronflant des cuves crevées par les projectiles.

– Non, plaidait Suzie. David a raison. Les vapeurs des incendies rongent les poumons de tous ceux qui s'en approchent. C'est une mauvaise chaleur. Lorsqu'on s'y attarde, on se met à tousser, et un beau matin on se réveille avec du sang plein la bouche.

Malgré ces appels à la raison, les gosses continuaient à grogner. Peu à peu, au fil des refus, David était devenu impopulaire, et beaucoup chuchotaient que lorsque ce serait son tour de devenir un Menacé, on n'éprouverait pas grand chagrin.

La halte décidée, on dressait le feu de camp au moyen de brindilles et de pulpe d'écorce récupérées au hasard de la déambulation. Les chars écrasant tous les arbres, il n'y avait qu'à se baisser pour ramasser de pleins ballots d'esquilles qu'on mettait ensuite à sécher. Souvent le bois se trouvait imprégné de matières inflammables qui le faisaient brûler avec ardeur en dépit de l'humidité. Quand sa haute flamme grimpait dans la nuit, on se rassemblait en cercle, et Suzie se mettait à raconter les histoires incroyables du temps d'avant.

Elle chuchotait, les paupières à demi closes, et la lueur du feu faisait onduler des lumières huileuses sur son mince visage aux pommettes saillantes. Elle parlait, dans le craquement des brindilles et les brusques éclaboussures d'étincelles qui vous faisaient des cloques sur la peau. Elle battait le rappel des souvenirs brumeux de sa petite enfance, des souvenirs dont elle venait parfois à douter – comme David – et se demandait s'ils ne s'apparentaient pas tout bonnement à de simples rêves.

– Il me semble... disait-elle. Elle commençait toujours de la même manière : « Il me semble qu'il y avait quelque chose qu'on appelait maison. »

Elle évoquait alors cet espace étrange que les petits avaient le plus grand mal à se représenter. Ces espèces de boîtes en pierre où l'on s'enfermait pour vivre, et qui – lorsqu'on prenait la peine d'y réfléchir – paraissaient affreusement étroites.

– Il y avait des arbres à l'intérieur des maisons ? demandaient les mioches. Et des collines ? Et des plaines ? Et des lacs, aussi ?

Suzie répondait par la négative, essayait d'expliquer que la maison était une sorte de protection contre l'extérieur. Personne ne comprenait ce qu'elle entendait par là, puisque toutes les « maisons » qu'on avait pu voir jusqu'à maintenant étaient aplaties sur le sol, sans aucun relief, et parfois si minces qu'elles semblaient dessinées sur l'asphalte.

– On refermait la porte derrière soi, insistait Suzie, et l'on se retrouvait au chaud, tranquille, loin des bruits de la rue.

Les gosses faisaient la moue, ne comprenant pas le plaisir qu'on pouvait éprouver à s'enfermer dans une boîte. Et puis il y avait cette histoire de vêtements, ces pelures bizarres auxquelles les gens d'Avant semblaient attacher beaucoup d'importance. Tout ça paraissait compliqué, et même invraisemblable. À entendre Suzie, pendant des centaines et des centaines d'années on s'était enfermé le zizi dans une poche pour que personne ne puisse le voir. On s'était caché pour faire caca, comme si c'était là une chose honteuse...

– On ne pouvait pas faire n'importe où dans la maison, insistait la jeune fille. Il y avait une pièce spéciale pour ça, qu'on appelait les WC.

Une pièce ? s'étaient étonnés les enfants. Une boîte à l'intérieur d'une autre boîte ? C'était un coup à mourir étouffé cette histoire !

Et dans cette boîte spéciale – l'évécé –, on entassait le caca de tous les gens qui vivaient dans la maison, et cela pendant des mois, des années, toute la vie même ? Vrai, ça devait sentir bon ! Et un jour ça devait forcément déborder ? Quelle drôle de vie. Au moins, ici, on faisait aux quatre coins de la plaine, et le vent chassait les odeurs, et les pluies faisaient disparaître les crottes dans la boue. Non, personne ne regrettait le temps des maisons. À quoi ça rimait de s'enfermer de cette manière. Est-ce qu'elles bougeaient au moins, les maisons, est-ce qu'elles roulaient, comme les chars ? Est-ce qu'on pouvait se promener avec ?

Suzie finissait par s'embrouiller. L'auditoire se moquait d'elle, l'accusait d'inventer des histoires à dormir debout. En retrait, David réalisait avec une pointe d'effroi qu'il avait suffi de quelques années à peine pour effacer des mémoires les images du monde d'autrefois. Les enfants nés dans les derniers mois du conflit ne gardaient aucun souvenir des villes de jadis. Ils n'avaient connu que les campements de survie, les tentes battues par les vents, puis – plus tard encore – les refuges précaires : grottes, cavernes, trous laissés par les bombes. Ils avaient appris à marcher sur la plaine désertique, alors que les grandes cités n'étaient déjà plus qu'un tapis de caillasse concassé par le va-et-vient des chars. Le monde qu'évoquait Suzie ne signifiait rien pour eux, et même, il leur paraissait vaguement effrayant avec ses contraintes absurdes, ses rites bizarres : les WC, les vêtements. Ils allaient nus depuis leur plus petite enfance et leur corps avait fini par se caparaçonner de cal aux coudes, aux genoux. Même leurs petites fesses avaient désormais la consistance du cuir. La plupart d'entre eux, à cinq ans, six ans, ne s'étaient jamais lavés, ne serait-ce qu'une fois. La poussière et la sueur avaient fini par les envelopper d'un film gris sous lequel il était impossible de distinguer le rose originel de leur chair d'enfant. Les cheveux, collés à leur crâne par la saleté, semblaient une calotte de cuir huileuse. « Maison ! Vécé ! » scandaient-ils pour se moquer de Suzie. « La maison des crottes ! La maison des crottes ! »

La jeune fille finissait par renoncer et se retirait en soupirant.

– Mais toi, demandait-elle à David d'un ton suppliant. Tu sais bien que je ne mens pas. Elles existaient, hein, les maisons ?

« Oui » lui répondait le garçon. Des images floues hantaient sa tête, surgissant dans ses rêves. Il se rappelait avoir effectivement habité dans l'une de ces boîtes lorsqu'il était tout petit. Après ç'avait été la Grande Fuite, l'exode, les camps de toile, les trous dans la terre, les abris. On s'était dépêché de s'écarter des villes qui étaient devenues des cibles. Mais les maisons, il s'en souvenait un peu. Il voyait des portes, plein de portes, avec des poignées toujours trop hautes pour lui. Sur le sol, l'herbe était bleue et rase, et douce aussi...

– Pas de l'herbe, corrigeait Suzie lorsqu'il se laissait aller à déballer ces curiosités du passé. C'était pas de l'herbe, c'était de la moquette.

– D'la quéquette ? s'empressaient de ricaner les marmots.

David avait beau faire des efforts, il ne gardait aucune image de cette pièce pleine de crotte qui terrifiait tant les petits.

– Forcément, disait Suzie avec une certaine lassitude. Il y avait un système d'évacuation, quelque chose, une machine qui faisait que ça restait toujours propre.

Les vêtements par contre, David savait bien ce que c'était. D'ailleurs, il avait éprouvé une certaine difficulté à vivre nu lorsque ses derniers habits étaient tombés en morceaux. La bite à l'air, il se sentait vulnérable ; même maintenant après tout ce temps à cavaler cul nu sur l'immensité de la plaine. C'était quelque chose à quoi il n'avait pas réussi à s'habituer. Suzie non plus, du reste, qui tenait toujours drapé autour de ses hanches un vieux bout de tissu déniché dans les décombres. C'étaient comme des restes de superstitions du Temps d'Avant, des choses qu'on leur avait mises dans la tête quand ils étaient bébés. Les mioches, eux, se fichaient pas mal de gambader la quéquette à l'air et de pisser n'importe où.

David n'avait que douze… ou treize (?) ans. Il ne savait pas exactement, car il avait perdu sa plaque d'identité dans la panique des bombardements. Bientôt lui aussi découvrirait qu'il était devenu un Menacé, il n'aurait plus alors qu'à se séparer du clan pour ne pas attirer la foudre du ciel sur les petits, et s'en aller à l'écart, attendre la mort.

Cette pensée faillit lui faire monter les larmes aux yeux, et il dut faire un effort pour ne pas se jeter contre Suzie.

CHAPITRE II

Personne ne savait qui avait eu un jour l'idée de suivre les chars. Cela s'était fait comme ça, sans que quelqu'un énonce clairement la décision...

Non, en réalité ce n'était pas tout à fait vrai. En cherchant bien, David se rappelait que quelqu'un avait lancé :

« On dirait qu'on serait des Indiens, et qu'on galoperait à travers la prairie pour chasser le bison. »

Mais qui ? Qui avait prononcé la sacro-sainte formule magique du monde de l'enfance, celle qui ouvrait les portes miraculeuses du pays des rêves : *On dirait que...* Les gosses n'auraient pas pu imaginer ce jeu. Ils n'avaient jamais entendu parler des Indiens, et encore moins des bisons. C'était donc forcément quelqu'un de plus âgé : Suzie... ou cet échalas d'Antonin. Quoi qu'il en soit, on avait commencé un jour à suivre les traces profondément incrustées dans le sol, à se hisser au sommet des collines pour observer le « troupeau » roulant sur l'immensité de la plaine. Le nuage de poussière sèche qui masquait les machines et les réduisait à de confuses masses sombres, renforçait l'illusion. Avec un peu d'imagination, on finissait par se convaincre que les bisons étaient là, ravinant le paysage monotone de leurs allées et venues. David se rappelait encore quelques bribes de lectures évoquant ces bêtes formidables dont les tribus indiennes tiraient toute leur subsistance : la viande bien sûr, mais aussi le cuir, les peaux qu'on taillait et cousait pour en faire des tentes, des vêtements, la graisse dont on se frottait le corps et les cheveux pour se garantir contre le froid et la pluie. Les bisons, bêtes terribles, capables de pulvériser un homme d'un simple coup de cornes, se révélaient en définitive bénéfiques, indispensables. Sans eux les tribus mouraient de faim, les guerriers devenaient squelettiques. Ces lambeaux de souvenirs s'accompagnaient toujours d'images floues. Les illustrations violemment coloriées d'un livre dont on tournait les pages tandis que quelqu'un se penchait par-dessus votre épaule pour vous expliquer les détails de la scène représentée. Quelqu'un... un adulte qui s'appelait M'man ou P'pa, et dont les mains étaient bien plus grosses que les vôtres. Il était là, dans votre dos, avec sa chaleur et son odeur si particulière. David se souvenait de cette présence étrange, mais pas des visages. Il avait beau faire des efforts, la tête de M'man et de P'pa demeurait floue, comme une boule de glaise triturée en dépit du bon sens par un gosse maladroit.

Bah, ça ne servait à rien de se torturer à propos de ce genre de choses. Suzie surnommait ce trou de mémoire le traumatisme. Elle prétendait que c'était normal et qu'il ne fallait pas s'en inquiéter outre mesure. Le traumatisme était selon elle une forme de maladie contagieuse que tout le monde avait fini par attraper. Une sorte d'épidémie, quoi.

David ne savait pas pourquoi en observant les chars il pensait aux bisons. À première vue c'était idiot. Et pourtant...

Suzie, elle, ne cessait de marmonner quelque chose à propos de la souris de Waterloo. C'était chez elle une idée fixe à laquelle personne ne prêtait d'ailleurs attention excepté David.

« La souris de Waterloo est sortie de sa cachette au beau milieu de la bataille, expliquait-elle. C'était une souris des champs, pas tout à fait une souris, mais quelque chose d'approchant. Son terrier avait été éventré par l'explosion d'un boulet de canon, et elle a dû sortir à l'air libre sous peine de périr étouffée par les éboulements. Elle a mis le nez dehors au moment même où les soldats s'affrontaient à la baïonnette et elle s'est retrouvée au milieu de toutes ces bottes martelant le sol, de ce fouillis de pieds pataugeant dans la boue. Chaque fois qu'un talon s'abattait, elle sautait de côté, à la dernière seconde, manquant d'être écrasée. Elle était minuscule et toute seule au centre de cet énorme tumulte. Elle courait en zigzaguant entre les guêtres crottées des soldats. Et puis, tout à coup, alors qu'elle commençait à se résigner à périr piétinée, elle a eu l'idée d'escalader la jambe d'un grognard. Elle a grimpé, grimpé, et a fini par se glisser dans sa giberne, cette espèce de sacoche que les hommes de troupe portaient en bandoulière... et elle s'est laissée porter, traversant toute la bataille à l'abri du martèlement des galoches, passagère clandestine de l'uniforme d'un soldat. »

David ne comprenait pas grand-chose à cette histoire de souris, mais la fable – chaque fois qu'il l'entendait – éveillait un curieux écho en lui. Les bisons, la souris, il devinait qu'il y avait là quelque chose qui lui faisait signe. L'embryon d'une idée qu'il n'osait pas creuser plus avant parce qu'elle l'effrayait.

En attendant, on regardait courir les « bisons » au milieu du nuage de poussière jaune. Les mioches avaient beaucoup de difficulté à comprendre ce à quoi les grands faisaient allusion. Les « bêtes », c'était quoi au juste ? Ça avait quelle utilité ? C'était une tribu qu'on ne voyait plus guère, des gens dont on ignorait tout. Des étrangers, quoi.

Suzie avait dû leur expliquer que les hommes, jadis, mangeaient les animaux, et que les bêtes servaient principalement à l'alimentation. Ce n'était pas par là qu'elle aurait dû commencer, car les petits ne concevaient la nourriture que sous la forme de ces boîtes de conserve qu'on tirait des rations de survie militaire. Ils imaginaient donc les « bêtes » sous l'aspect de grandes boîtes de *corned-beef* montées sur jambes et galopant à travers la plaine. Cette image amusait certains d'entre eux, mais faisait pleurer les autres. La grosse boîte leur faisait peur, que contenait-elle ? De la purée de marmots ? Des enfants bouillis ? Était-elle destinée à satisfaire la gourmandise d'un ogre ? « Non, insistait Suzie, une bête c'était vivant, couvert de poils. Ça marchait à quatre pattes... ça poussait des cris. »

Les gosses demeuraient dubitatifs, méfiants. Est-ce qu'on se moquait d'eux ? Les boîtes de conserve ne marchaient pas à quatre pattes, et les cheveux ne poussaient pas sur la tôle de leurs flancs. Personne n'avait jamais vu ça.

La jeune fille finissait toujours par renoncer, sentant que ses explications ne contribuaient qu'à renforcer l'incrédulité des marmots. Alors, elle dessinait dans le sable les silhouettes des différents animaux dont elle se rappelait encore l'aspect approximatif. La vache... Le lapin... Mais les mioches pouffaient de rire devant tant d'invraisemblances : la vache avec sa citerne à lait sous le ventre, cette espèce de container qui ressemblait à un réservoir de secours sous le fuselage d'un avion de chasse... non, c'était idiot. Ou alors, il fallait admettre que c'était une sorte de pipi qui lui sortait des boyaux, et c'était carrément dégoûtant. Il aurait fallu être sacrément sale pour boire ce genre de truc. Ou bien Suzie se trompait, il ne s'agissait pas d'une « mamelle », mais bel et bien d'un réservoir secondaire sur lequel la « vache » pouvait passer dès qu'elle était en panne sèche. Dans ce cas-là, la « poche » contenait du kérosène, et ça n'était sûrement pas bon à boire !

Les petits se croyaient toujours plus malins que leurs aînés et n'accordaient guère d'importance aux conseils qu'on leur donnait. David avait progressivement appris qu'il était inutile d'essayer de leur transmettre un quelconque savoir. Les mioches mettaient tout en doute. Du moins tout ce qui se rapportait au temps d'Avant. Il y avait en eux une étrange et précoce méfiance dont rien ne venait à bout. David avait décidé une fois pour toutes de ne pas se mettre martel en tête pour si peu, mais Suzie s'épuisait à veiller sur eux, leur prodiguant des attentions de jeune mère.

« J'ai peur de ce qui leur arrivera quand je ne serai plus là, murmurait-elle souvent. Qui prendra soin d'eux ? Toi, tu t'en fiches, je sais bien qu'ils t'agacent. »

David ne pouvait prétendre le contraire. Il n'avait jamais caché la joie qu'il éprouvait chaque fois que l'occasion lui était donnée d'expédier son pied dans le derrière mal torché de l'un de ces dégoûtants petits crapauds. Mais Suzie était une fille, et elle ne partageait pas son aversion pour la marmaille.

David avait peur, lui, de ce qui allait arriver à Suzie quand elle verrait son premier sang et que les mouettes de fer renifleuses repéreraient au moyen du balayage radar les modifications hormonales survenues à l'intérieur de ses entrailles.

Les exécutions n'étaient jamais jolies jolies. La mouette d'acier tombait tout à coup du haut du ciel en sifflant de façon affreuse, piquant vers la horde d'enfants dépenaillés. La victime avait beau fuir, se mettre à courir, ou se cacher derrière un rocher, le radar la retrouvait toujours. Un mince rayon rouge jaillissait alors de l'unité de détection volante, et la frappait en pleine poitrine. Cela durait une fraction de seconde à peine, mais on était aussitôt submergé par une odeur de viande rôtie. Puis la victime tombait à la renverse, plus cuite qu'un gigot oublié sur le feu, et lorsqu'on s'approchait d'elle, on pouvait voir de la fumée lui sortir par la bouche, les oreilles et le trou du cul. Si on la piquait du bout d'un bâton, il arrivait qu'elle tombe en cendre. Tout dépendait de l'intensité du faisceau émis par la « mouette ». Si les batteries étaient neuves, la cible vivante éclatait, disparaissant dans un brouillard de sang qui séchait avant même de toucher le sol. Si elles étaient usées, la mort était moins foudroyante, plus douloureuse également. Tout dépendait de l'état mécanique de la « mouette » en maraude. On en avait même vues, qui, faute de pouvoir émettre un rayonnement mortel, plongeaient sur leur victime pour les empaler, telles des fers de lance tombés du ciel. David se rappelait d'un garçon de treize ans, qui s'était ainsi trouvé coupé en deux au niveau du nombril, et dont les deux moitiés avaient gigoté sur le sol avant de s'immobiliser. Avec les renifleurs on ne savait jamais ce qui allait se passer, et l'on n'était même pas sûr de bénéficier d'une mort propre.

Le clan avait longtemps suivi le troupeau des « bisons », observant les mœurs et coutumes de chacune des « bêtes ». Suzie avait l'œil pour deviner en quelques minutes les défauts et les qualités respectives des différents chars.

« Celui-là va perdre bientôt sa chenille gauche, disait-elle. Le canon de celui-ci a été obstrué par une tempête de sable, il y a fort à parier qu'il explosera la prochaine fois qu'il tentera de tirer un obus. »

Les yeux plissés, elle détaillait les machines, dénonçant leurs défauts, leurs dangers. Elle avait pris l'habitude de leur donner des noms. Les plus vieilles avaient presque perdu la totalité de leur revêtement de camouflage. Les faux rochers, les lichens de caoutchouc, flottaient sur leurs flancs boulonnés, en interminables lambeaux qui claquaient dans le vent. C'étaient de vieilles bêtes démaquillées par le temps et les multiples impacts encaissés de plein fouet. Leur ossature d'acier surgissait du déguisement comme le crâne d'un homme décapé de sa chair par le couteau d'un indien scalpeur.

Suzie s'intéressait aux chars depuis qu'elle avait remarqué que certains d'entre eux abattaient les mouettes de fer dès qu'elles entraient dans le champ de leur radar. Sans doute les confondaient-ils avec des missiles qu'il convenait d'intercepter de toute urgence. C'était toujours un grand moment de satisfaction de voir ces sales petites bestioles de ferraille se faire pulvériser par un projectile bien ajusté. Tous les tanks n'avaient pas cette manie, mais Suzie en avait isolé deux ou trois qui poursuivaient de leur haine les unités volantes de détection.

« Il y a ce petit bas du cul déguisé en rocher jaune, disait-elle, tu le vois ? Et puis cet énorme engin dépouillé de son camouflage... Là, celui qui a une rampe de lancement de missiles à l'avant... ça lui fait comme une corne de rhinocéros. »

Les mioches avaient froncé les sourcils et s'étaient aussitôt amusés à répéter ce drôle de mot qui leur était inconnu : Rino... rinosse... rinox... Avec le temps, le patronyme s'était changé en « Rinocérox », et s'en était tenu à cette forme définitive.

Le Rinocérox allait et venait, disparaissant des semaines entières pour réapparaître tout à coup, couvert de sable et de poussière, broyant les cailloux sous ses chenilles, forant son chemin avec une obstination qui forçait l'admiration. Pour Suzie c'était un vieux modèle, une machine mise en service aux premiers temps de la guerre, à l'époque où l'on disposait encore d'importantes réserves d'acier et où l'on ne lésinait pas sur les blindages. C'est ce qui expliquait sans doute son état de conservation presque parfait. Les machines plus récentes se révélaient beaucoup plus délabrées, et certaines, même, leur canon enrayé, n'étaient plus capables de tirer un seul coup au but. Le Rinocérox avait quelque chose d'effrayant par sa masse et sa puissance. Il était aussi haut qu'une maison de trois étages, constellé de bosses, d'impacts et d'éraflures. L'acier de ses flancs et de sa tourelle avait peu à peu pris l'aspect d'une chair mille fois ravaudée, suturée, cautérisée. Il n'était pas un centimètre carré du blindage qui ne fût marqué par la morsure d'un shrapnell.

Irascible comme un vieux mâle torturé par les démangeaisons des vers rongeant sa carapace, il ajustait toutes les « mouettes » qui commettaient l'imprudence de passer dans le champ de ses détecteurs et les pulvérisait. Sans doute était-ce pour cela que Suzie le trouvait sympathique ? David, lui, le jugeait effrayant. C'était une masse capable de laminer tout ce qui se dressait sur son passage. Les rochers les plus résistants se changeaient en poussière sous son poids.

Le clan avait suivi le troupeau, essayant d'identifier les différentes machines à leurs traces. C'était une occupation qui vous faisait manger beaucoup de poussière et qui réveillait la soif des mioches. On n'avait plus alors qu'à se mettre en quête d'un point d'eau. Lequel se présentait le plus souvent sous la forme de grandes douilles de cuivre fichées dans le sol, comme une rangée de barriques. C'était là une tradition qu'observaient tous les voyageurs. Dès qu'on trouvait un culot d'obus éjecté par l'un ou l'autre des chars, on le plantait dans la terre afin qu'il se remplisse d'eau de pluie à la prochaine averse. Ces abreuvoirs de cuivre jalonnaient le désert, parfois vides, parfois pleins d'une eau au curieux parfum de poudre brûlée.

Les gosses prétendaient qu'on risquait d'exploser si l'on en abusait, mais David n'avait jamais pu vérifier la réalité de cette assertion.

Après avoir longtemps suivi les « bisons », David émit l'idée qu'il serait temps de faire une halte pour reprendre des forces. On avait mal mangé et mal dormi ces derniers temps, et tout le monde avait maigri. On ne pouvait pas continuer de la sorte.

« Il faut se refaire du lard, avait dit le garçon. Je sais bien que vous n'aimez pas ça, mais il serait urgent d'aller s'abriter à l'intérieur d'un impact.

– Je déteste les planqués, avait grogné Suzie. Et puis on sera forcé de côtoyer des adultes. Il y a toujours des adultes dans les impacts, ils me font peur ».

Les adultes faisaient peur à tout le monde, mais il en restait peu, presque plus du tout en fait. Les rares survivants de l'espèce se cachaient au fond des trous creusés par les bombes et ne se risquaient jamais hors de ce territoire étroitement délimité.

« J'ai peur des grands, répéta la jeune fille. Ils sont laids, avec plein de poils piquants sur la figure, et du pelage sur le corps. On dirait qu'ils ne sont pas de la même race que nous. Leur odeur est différente. »

David partageait cet avis, mais la nécessité d'une halte commandait son choix. Et si l'on voulait se reposer, on ne pouvait le faire qu'en demandant l'hospitalité à une tribu d'enterrés, ces gens qui avaient choisi de survivre au fond du cratère ouvert par l'explosion d'une bombe ou d'un missile, partant du principe qu'une charge ne tombe jamais deux fois au même endroit.

Le calcul n'était pas idiot, de plus les chars évitaient systématiquement les crevasses, les ravines... et les trous de bombe qu'ils contournaient afin de ne pas tomber dans un piège dont ils n'auraient pu sortir. Leurs détecteurs inspectaient le sol, les informant de la présence d'une dépression, l'ordre courait ensuite jusqu'à l'ordinateur de bord, modifiant le programme de patrouille, et la machine changeait aussitôt de direction, bifurquant pour éviter le trou.

Les planqués, comme les surnommaient les nomades, avaient basé toute leur stratégie sur cette particularité technique. Ils étaient fiers de leur ruse, et méprisaient les errants, condamnés à s'user les jambes en courses incessantes et à finir broyés sous les chenilles d'un tank dont ils n'auraient pas détecté l'approche.

« Si nous dormons chez eux, il faudra encore leur servir de valets, protesta Suzie. J'ai horreur de ça. »

David haussa les épaules. Il fallait payer l'hospitalité accordée d'une manière ou d'une autre. L'interminable course avait épuisé jusqu'aux marmots les plus remuants. Il fut donc décidé qu'on bivouaquerait au prochain impact et qu'on s'obligerait à faire bonne figure s'il se trouvait là quelques adultes repoussants.

CHAPITRE III

Le clan rebroussa donc chemin pour rejoindre le cratère qui s'ouvrait au nord de la plaine. Malgré l'absence de cartes et l'uniformité trompeuse des repères géographiques, on pouvait aisément localiser l'endroit en se hissant sur une excroissance rocheuse ou en escaladant le tronc d'un arbre artificiel. C'était un entonnoir d'un diamètre moyen, mais assez profond, et dont les parois vitrifiées descendaient en pente vive vers la flaque d'obscurité qui stagnait tout en bas. Pour un coureur de désert habitué à l'immensité monotone du paysage laminé par les chars, l'impact constituait un séjour angoissant parce qu'étroit, sombre et mal aéré. Le lieu, pour bizarre qu'il fût, présentait tout de même des avantages, et c'était ces avantages que la tribu des enterrés monnayait âprement dès qu'on lui demandait l'hospitalité.

Suzie bouda pendant la plus grande partie du trajet. C'était bête, car il n'y avait guère qu'au creux des impacts qu'elle n'avait pas à redouter la curiosité des mouettes et elle aurait dû se réjouir à la perspective d'être délivrée de la menace des détecteurs volants. Mais il en allait chaque fois ainsi. Les adultes lui faisaient peur, et elle était incapable de dominer la répulsion qu'elle nourrissait à leur endroit. Les mioches, eux, au premier abord, se demandaient si ces étrangers si différents d'apparence n'appartenaient pas à ce clan des « bêtes » dont parlait la jeune fille. Après tout, les femelles avaient des mamelles, comme ces « vaches » évoquées par Suzie, et les mâles étaient bien couverts de poils. Cette impression se trouvait renforcée par le fait que les survivants se déplaçaient fréquemment à quatre pattes à l'intérieur du cratère, ceci afin d'avoir meilleure prise sur la paroi à la pente parfois fort vive.

Pendant qu'on traversait la plaine, un dépôt de munition explosa, quelque part à l'ouest. La déflagration fit vibrer le sol comme une peau de tambour. Quelques-uns, parmi la cohorte des petits, perdirent l'équilibre et tombèrent sur le cul, mais personne ne s'occupa de leurs braillements, tous regardaient les missiles en perdition qui montaient en tournoyant, laissant derrière eux un sillage de fumée immaculée qui semblait un trait à la craie sur l'ardoise grise du ciel.

La tête levée, la nuque cassée, on suivait leur trajectoire jusqu'à ce qu'ils percent le ventre d'un nuage et explosent dans l'épaisseur du moutonnement. Il y avait alors une grande lueur rouge et la nuée semblait illuminée de l'intérieur, comme un lampion. Si le brasillement durait longtemps, s'amplifiait, on savait que le nuage ne tarderait pas à perdre de l'altitude. Avant peu on le verrait se décrocher du ciel, planer comme un oiseau blessé incapable de coordonner son vol, puis descendre doucement vers le sol pour s'échouer au milieu du désert.

Il resterait là une éternité, agonisant tandis que ses flancs continueraient à diffuser une étrange lumière, tantôt rouge sombre, tantôt bleu électrique. Les gosses adoraient voir mourir un nuage. Excités et tremblants de peur, ils couraient vers la grosse masse échouée pour lui arracher des poignées de brume blanche. C'était à qui volerait le plus gros flocon de brouillard, et cela, en dépit des illuminations inquiétantes qui crépitaient au sein de la nuée. David n'aimait pas cette coutume. Il avait chaque fois l'impression que les marmots s'acharnaient sur la carcasse d'un énorme mouton moribond, lui volant sa laine poignée après poignée, et il appréhendait toujours le moment où la pauvre bête apparaîtrait enfin nue, avec sa peau violacée et piquetée de gouttes de sang.

Mais les gosses ne savaient rien des moutons. Ils arrachaient la peau du nuage parce qu'elle devenait rapidement gluante entre les doigts. Si on la mâchait, on pouvait en arrondissant les lèvres, souffler de grosses bulles bleutées, élastiques, qui finissaient par exploser avec un claquement amusant.

« Ces petits crétins ont réinventé le chewing-gum, pestait David. Du chewing-gum de nuage, c'est dégueulasse. »

Mais au fond de lui, il détestait qu'on dénature ainsi l'agonie de la nuée. Pourquoi ne la laissait-on pas mourir avec dignité ? C'était dégoûtant de s'acharner ainsi sur un nuage blessé qui vivait ses derniers instants.

« Tu exagères, disait Suzie. Tu sais bien qu'il ne s'agit pas d'un vrai nuage. C'est encore une base d'observation déguisée, un quelconque module d'espionnage... Une foutrerie militaire empaquetée dans trois ou quatre tonnes de brume synthétique. Cette saleté est sans doute toxique, et si les petits l'avalent par mégarde... »

Mais David se foutait que les mioches avalent la chair avariée du nuage, que celle-ci les empoisonne ou leur colle les boyaux, après tout ils n'auraient que ce qu'ils méritaient. Ce qu'il désirait, c'est qu'on laisse mourir le vieux mouton en paix, dans son suaire de laine blanche.

Les moutards ne prêtaient aucune attention aux exhortations de Suzie. Ils continuaient à piocher dans le camouflage gluant qui commençait à se dissoudre. Ils se battaient avec cette neige poisseuse comme un sirop, se barbouillaient de cette confiture blanche tombée du ciel.

« Arrêtez ! s'égosillait la jeune fille. Vous ne voyez pas les éclairs ? Ça peut exploser d'une minute à l'autre, écartez-vous. Vous voulez donc devenir transparents ? »

La menace n'avait rien d'absurde. On savait que certaines irradiations étaient mauvaises, qu'elles vous amincissaient l'épiderme au point que tous vos muscles, toutes vos veines, apparaissaient par transparence, comme au travers d'un papier calque. David avait croisé à plusieurs reprises des bandes de gosses qui, pour s'être attardés à jouer dans la chair faisandée d'un nuage, étaient devenus de véritables planches d'anatomie ambulantes. C'était affreux, véritablement berk ! une tribu de petits écorchés rouge sang qui étalaient leurs tripes au grand jour. On voyait tout, les muscles, l'enchevêtrement des veines pulsatiles, les tendons jaunes et fibreux. Ils ne souffraient pas, leur peau était toujours là, mais elle était à présent aussi transparente qu'une pellicule de cellophane.

Oui, en fait, quand on y réfléchissait bien, c'était à cela que ressemblaient les enfants irradiés : à ces biftecks d'avant-guerre qu'on trouvait dans les bacs réfrigérés des supermarchés, ces lambeaux de viande humide bien serrés dans leur pellicule de plastique et flanqués du tampon fatidique : *À consommer avant le...*

Suzie distribuait des gifles, mais la peau dissoute du nuage lui engluait les paumes. Les petits éclataient de rire et se moquaient d'elle.

David aurait bien aimé s'ouvrir un chemin au milieu de la masse moutonneuse, ramper jusqu'au noyau pour savoir ce qui se dissimulait au cœur de la nuée. Mais il n'avait pas le courage de plonger dans la matière synthétique enveloppant la base militaire dissimulée. Il craignait de périr rapidement étouffé par toute cette morve blanche qui gagnait en viscosité au fur et à mesure que le nuage se désagrégeait. Non, s'il avait tenté le coup, il serait sûrement mort asphyxié avant d'avoir parcouru la moitié du chemin. Pourtant, sa curiosité demeurait vive, plantée là dans un coin de son crâne comme une épine.

Il n'ignorait pas que la plupart des nuages qui se déplaçaient au-dessus de sa tête étaient faux. Certains contenaient des bases aériennes dissimulées. Énormes agglomérats de vapeur synthétique, ils étaient devenus l'équivalent des porte-avions de jadis. La mousse blanche qui les enveloppait faisait office de revêtement anti-radar, elle était aussi saturée de particules magnétiques dont la fonction consistait à dérégler le gyroscope des missiles, de manière à les renvoyer à leur point de départ. David se demandait ce qui se passait en ce moment même là-haut, dans ces villes volantes enveloppées de barbe-à-papa. Y avait-il encore des hommes, ou bien étaient-ils tous morts, comme cela s'était passé sur terre ? Les sourcils froncés, il essayait d'imaginer à quoi pouvaient bien ressembler ces repaires enfouis au sein du coton, loin du bruit des explosions et du grondement des chars en maraude. Si loin. Des villes fantômes dérivant à travers le ciel, et que personne n'habiterait plus jamais...

Quand il en eut assez de voir les gosses se barbouiller

de brouillard sucré, il donna le signal du départ. Il était de mauvaise humeur, inquiet. L'avenir lui faisait peur. Depuis quelque temps il avait pris conscience qu'il sortait de l'enfance, que les jours ne se résumeraient plus désormais à une suite ininterrompue de jeux plus ou moins idiots. Quelque chose était en train de changer en lui. L'agacement croissant qu'il ressentait à l'égard des mioches n'était-il pas le symptôme majeur de cette métamorphose ? À une époque il aurait lui aussi couru sus au nuage échoué, il aurait mâché la gomme céleste avec les autres et soufflé d'énormes bulles irisées. Aujourd'hui ces jeux lui paraissaient de plus en plus puérils, bruyants... insupportables. Il avait appris à épargner sa vitalité, la réservant à la marche, à l'escalade. Il ne dépensait plus son énergie sans compter, à tort et à travers. Il commençait à songer à demain... à prévoir, à bâtir des plans...

« Comme un adulte » lui soufflait une méchante petite voix ironique au fond de sa tête. De là venait son angoisse. Bientôt il serait lui aussi un « menacé » et les mouettes viendraient le griller un beau matin, lui fientant un beau paquet de lave brûlante sur la tête. Il tomberait raide, le cerveau cuit, la fumée lui sortant par la bouche et les narines, et tout le monde se dépêcherait de l'oublier.

C'est en partie pour cela qu'il n'était pas mécontent de s'abriter un moment à l'intérieur de l'impact. Au moins, pour un temps, il pourrait dormir à l'abri des mouettes.

Ce jour-là, il fit progresser le clan à marche forcée, écourtant les pauses pour atteindre sa destination avant la tombée de la nuit. Les gosses pleurnichaient, s'accrochaient aux plus grands pour qu'on les porte. Suzie avançait, un petit sous chaque bras. Indifférents aux cahots, les bébés dormaient en bavant. David avait décidé de demeurer sourd aux suppliques, il ne voulait pas dormir une nuit de plus au milieu du désert, dans l'entrecroisement des traces laissées par les chars. S'il écoutait les pleurnicheries des uns et des autres, on s'arrêterait une fois de plus pour camper au hasard, et avant minuit un tank surgirait, écrasant un gosse trop engourdi de fatigue pour se réveiller aux premières vibrations trahissant l'approche du blindé.

De tels accidents émiettaient dangereusement le clan. Si l'on continuait ainsi on ne serait bientôt plus assez nombreux pour mériter le nom de tribu, il faudrait alors mendier une incorporation au sein d'un autre groupe plus important, avec la déchéance qu'impliquait un tel processus d'intégration.

Alors que la lumière baissait à l'horizon, la terre changea de couleur. La roche devint noire, comme peinte au goudron, et David sut qu'ils approchaient du cratère. La fleur sombre tatouée sur le sol était la marque d'une explosion ancienne. Tout de suite après, la texture du sol commencerait à changer. Le sable se ferait suie, les cailloux charbons. Au fur et à mesure qu'on avancerait, cette noirceur poudreuse, se mettrait à briller d'un éclat d'encre fraîche ou de verre mouillé. Et l'on finirait bel et bien par marcher sur du verre, un vilain verre grumeleux, constellé de bulles fossilisées, prises dans la masse des pierres liquéfiées. Tout le pourtour du cratère était vitrifié sur une épaisseur de dix centimètres environ. Cette couche formait une sorte de banquise indifférente à la chaleur, une banquise persistante qui se révélait affreusement glissante à la moindre averse.

David fit une brève halte au moment de s'engager sur la plaque de verre. Suzie boudait toujours, les yeux baissés, les lèvres mangées.

« Là-bas, tu seras en sécurité, plaida David. Tu

sais bien que les mouettes ne peuvent rien contre les enterrés. »

Il ne mentait pas. Les vapeurs de l'ancienne explosion continuaient à flotter au-dessus de l'entonnoir, comme un panache de fumée fantôme. On disait qu'elles créaient une zone de turbulences magnétiques qui détraquait les détecteurs. C'était comme une trombe invisible, l'écho d'une déflagration depuis longtemps éteinte, mais qui s'accrochait là, odeur tenace qu'aucun vent ne pouvait balayer.

« Ce ne sont pas des « vapeurs », grognait Suzie. Mais un halo de radiations qui reste dangereux. Se tremper là-dedans c'est comme se plonger dans une baignoire remplie de poison. Ce sont les radiations qui engendrent l'orage magnétique qui déboussole les mouettes, rien d'autre.

– Tu seras tout de même à l'abri, insistait David.

– C'est changer une menace pour une autre, concluait la jeune fille en haussant les épaules. »

David devinait qu'elle disait vrai. En plissant les paupières, on pouvait distinguer une certaine vibration de l'air à la verticale du cratère. Des ondulations de l'atmosphère qui déformaient les lignes. Cela sortait droit de l'entonnoir pour grimper vers les nuages. Et puis il y avait une odeur bizarre. Une odeur électrique... analogue à celle qu'on peut flairer après un gros court-circuit.

« L'odeur de la bombe, pensait David avec une crispation à l'estomac. L'odeur de la bombe qui a creusé le trou. »

Cela lui donnait toujours le vertige de penser que jadis une ville s'était peut-être dressée à ce même emplacement, et que la bombe avait foré ce nombril noir dans son ventre, renversant tout autour d'elle, aplatissant murs et maisons.

C'était de ce puits qu'était monté le souffle de la désolation. « Un pet, disait cet échalas d'Antonin. Un pet diabolique qui a asphyxié le monde en une seconde. Un pet si brûlant que tout ce qui était vivant est tombé cuit à l'instant même. » Un pet ? oui, peut-être, car l'odeur de l'explosion était encore là après tout ce temps, comme si une très ancienne charogne pourrissait au fond du cratère, là, dans la zone d'obscurité où personne ne se risquait jamais.

Les mioches aimaient se déplacer sur la zone vitrifiée. Ils se léchaient mutuellement les pieds pour s'enduire la voûte plantaire de salive, et entamaient d'interminables glissades sur la banquise truffée de bulles.

Au centre de la couronne de verre s'ouvrait l'entonnoir. Un grand trou aux bords déchiquetés au-dessus duquel se hasardaient les têtes des guetteurs. Tous ceux qui vivaient dans les cratères appartenaient à la confrérie des menacés. La « fumée » de la bombe les protégeait des mouettes tant qu'ils demeuraient à l'intérieur de l'entonnoir, mais s'il leur avait pris l'envie subite d'aller faire une promenade aux environs, ils auraient vu aussitôt fondre sur eux l'oiseau de fer chargé de l'élimination des adultes. C'était une étrange vie qu'ils menaient là. Une existence de claustration que David avait beaucoup de mal à imaginer et qu'il n'enviait guère. Comment pouvait-on passer des années et des années au fond d'un trou sans devenir fou ? Certains perdaient la tête, du reste. Un beau jour ils sortaient du cratère en courant, les bras levés au ciel, poussant des cris de dément, appelant de toutes leurs forces le châtiment suprême. Celui-ci ne tardait pas, et la plupart du temps ils étaient foudroyés avant même d'avoir franchi la limite de la zone vitrifiée. La protection contre les mouettes n'était efficace qu'à la condition qu'on demeure strictement à l'intérieur de l'entonnoir, cramponné à la margelle de ce puits dont on ignorait jusqu'à la profondeur.

« Il n'y a que des vieux, grommelait Suzie. Des garçons et des filles d'au moins vingt ans. À cet âge-là, ils sont déjà laids, avec du poil au ventre et aux pattes. Ils ne nous aiment pas, ils nous jalousent d'être encore libres d'aller où nous voulons. Ce ne sont pas des amis. Ils nous hébergent uniquement parce qu'ils ont besoin de nous pour récupérer les parachutages. C'est tout. »

CHAPITRE IV

On parlait peu à l'intérieur du cratère, car la configuration du trou – un porte-voix tourné vers le ciel – amplifiait considérablement le moindre mot. Un chuchotement émis à quinze ou vingt mètres en contrebas vous parvenait avec une parfaite netteté, comme si la bouche inconnue murmurant ces paroles se tenait près de votre oreille. Cette acoustique particulière rendait vain le plus simple espoir d'intimité. Toute parole franchissant vos lèvres devenait aussitôt la propriété du clan tout entier, ce phénomène avait joué un mauvais tour à plus d'un visiteur, car il fallait se garder de médire de ses voisins si l'on ne voulait pas du même coup s'attirer leur haine. Entre eux les enterrés communiquaient par gestes. Les conversations intimes dont on voulait conserver le secret se déroulaient au moyen d'un code complexe d'attouchements. Pour « dialoguer », on effleurait ainsi le corps de son interlocuteur du bout de l'index, ébauchant des figures qui, aux yeux des visiteurs non avertis, pouvaient passer pour des caresses. David n'aimait pas que les enterrés conversent avec Suzie, car il lui semblait chaque fois que c'était là un prétexte pour lui toucher les seins. Et ces manipulations l'agaçaient hautement.

Cône renversé, l'impact n'était guère éclairé qu'au niveau de la plaine. Dès qu'on descendait ses pentes vitrifiées, la lumière se mettait vite à baisser pour se changer progressivement en une nuit compacte où l'on devait s'aider d'un lumignon si l'on désirait voir où l'on mettait le pied.

Cet amoindrissement de la clarté diurne avait quelque chose d'étouffant pour tous ceux qui vivaient sur la plaine. Les mioches, surtout, avaient peur de ce trou au fond duquel semblait stagner la nuit. Certains d'entre eux croyaient dur comme fer que c'était là le terrier de l'Obscurité, qu'ils imaginaient sous l'aspect d'une grande bête molle d'une noirceur extrême. Ils refusaient obstinément de descendre, se cramponnaient aux pierres en pleurnichant et il fallait leur cingler les fesses avec une badine pour les décider à faire comme tout le monde.

David les comprenait. Il éprouvait toujours une sensation d'étouffement quand il se penchait au-dessus de l'entonnoir et laissait son regard couler vers le fond. « Quelle profondeur ? murmurait une voix dans sa tête. Hein ? Quelle profondeur ? »

Il se mordait les lèvres pour oublier la peur, mais l'angoisse restait là, fichée en lui comme un éclat de fer. Les enterrés avaient une grande habitude des parois. Ils étaient capables de se déplacer le long de la pente avec une extraordinaire sûreté, car leurs mains et leurs pieds connaissaient tout des scarifications du terrain. Ils savaient par cœur l'emplacement des fissures, des crevasses, des saillies, sur lesquelles on pouvait assurer sa prise. La paroi vitrifiée n'avait pas de secret pour eux et ils pouvaient la parcourir les yeux fermés, en aveugles, indifférents à la pénombre. Il n'en allait pas de même pour ceux qui vivaient sur la plaine.

Descendre à l'intérieur de l'impact c'était courir le risque de perdre l'équilibre et de rouler tout le long de la pente de verre durci dont les plissures à certains endroits coupaient comme la lame d'un rasoir. Si l'on perdait prise, on filait le long de cet affreux toboggan à une vitesse hallucinante, et personne ne cherchait à vous rattraper de peur d'être happé à son tour. On tombait, on tombait, et l'on finissait par disparaître dans les ténèbres, tout en bas...

Les enterrés ne tentaient jamais de déterminer la profondeur de l'entonnoir. La plupart d'entre eux étaient assez fiers d'habiter au-dessus d'un abîme et prétendaient que la présence constante du danger les rendait forts. Il était exact que cet alpinisme souterrain avait considérablement développé leurs muscles, et que leur puissance de préhension était de loin supérieure à la norme. Beaucoup parmi les plus jeunes se révélaient capables de faire des centaines de tractions en prenant appui sur leurs seuls index. Mais cette force était leur unique protection contre une chute éventuelle, car la paroi vitrifiée était si dure qu'il ne fallait pas espérer y planter un piton, un crochet ou une quelconque amarre.

« Ils n'en ont pas besoin, ricanait méchamment Suzie. De toute manière, ils sont tellement gluants de crasse qu'ils adhèrent à la pente comme s'ils étaient enduits de colle. »

Elle les avait surnommés les « adhésifs », mais cette plaisanterie n'éveillait aucun écho dans l'esprit des mioches.

Quand le clan atteignit enfin le bord du trou David se lança dans les recommandations habituelles : les petits devraient faire attention à ce qu'ils diraient, car tout le monde pourrait les entendre. Pas de considérations désobligeantes, donc, sur les enterrés, pas de commentaire sur leur mode de vie... ou sur l'anatomie bizarre des vieux.

Les gosses maugréèrent. La seule chose qui les amusait à l'intérieur du cratère c'était la façon dont on faisait ses besoins naturels. « Ouais, rigolaient-ils. Quand on fait caca et pipi, ça tombe sur la tête de ceux qui sont en dessous, c'est marrant. »

Suzie était inquiète. La dernière fois qu'ils étaient descendus à l'intérieur d'un trou de bombe, ils avaient perdu deux enfants. À la fois trop faibles et trop turbulents, les gamins oubliaient vite le piège que représentait la pente. La paroi inclinée éveillait en eux des envies de glissades interminables et il fallait les surveiller en permanence pour les empêcher de perpétrer quelque bêtise mortelle de leur invention. Suzie avait d'abord pensé à les encorder, mais c'était une solution dangereuse. Si l'un tombait, il risquait d'entraîner tous les autres à sa suite. Si au moins on avait pu planter un piquet, un piton, pour s'assurer, mais la vitrification interdisait une telle précaution. Chaque fois qu'on avait essayé de creuser un trou dans la banquise de verre il avait fallu renoncer, faute d'outils adéquats.

Debout au bord de l'entonnoir, David négocia l'hospitalité des enterrés. Un garçon guère plus âgé que lui, mais aux épaules incroyablement musclées, lui demanda s'ils acceptaient de se conformer lui et les siens aux devoirs de la corvée de ramassage. David acquiesça au nom du clan. Le garçon leur fit alors signe de descendre en leur indiquant les prises les plus sûres. « Regardez bien, lança Suzie aux enfants. Là, là... et là encore. Vous voyez les saillies ? »

Par bonheur, la pente n'était pas trop vive et l'on ne se sentait pas irrémédiablement entraîné vers le bas comme c'était le cas dans certains trous de bombe aux parois presque verticales.

Dès qu'il fut à l'intérieur du cratère, David sentit l'odeur. Elle était là, flottant entre les parois, âcre comme une fragrance de poudre brûlée. *C'était l'odeur de la bombe*, l'odeur de l'explosion qui après tant d'années n'avait pas encore réussi à s'évaporer. Il faisait également plus chaud qu'ailleurs. Ce n'était pas simplement parce qu'en s'enfonçant au-dessous du niveau de la plaine on se mettait à l'abri du vent, non... quelque chose montait du fond. Un halo de chaleur moite, comme si, tout en bas, brûlait un bûcher invisible.

« C'est l'haleine de la bombe, avaient coutume de répéter les enterrés. Elle ne s'effacera jamais. C'est comme un souvenir de la brûlure intense qui a vitrifié le sable. Il y a des shrapnells, là, tout en bas. De gros morceaux de fer déchiquetés encore rouges comme des braises. C'est notre bivouac, notre feu de camp... et il brûlera pour l'éternité. »

Ils semblaient fiers de ce côtoiement fabuleux, de ces débris de fer brasillants depuis une décennie dans la pénombre de la fosse. Les scories du bombardement leur tenaient chaud, les préservant des gelées nocturnes du désert. Ils n'avaient pas à craindre le froid, la neige, ils ne connaissaient qu'une seule saison : l'éternel été de la bombe.

David s'immobilisa, les mollets raidis, les doigts crochés sur les contours d'une grappe de bulles solidifiées. Il ne fallait pas regarder en bas, ne jamais laisser son regard plonger dans la flaque des ténèbres stagnantes si l'on ne voulait pas céder au vertige. Et pourtant, il aurait aimé voir les braises. Ces miettes d'obus géant, ces charbons d'acier imprégnés de radiations mystérieuses.

Selon l'usage, le garçon qui leur servait de guide leur recommanda de ne pas s'engager dans la zone sombre.

« Les prises sont moins bonnes, annonça-t-il, et vous n'auriez pas assez de force dans les mains pour vous assurer. Restez sur le périmètre qu'éclaire le soleil. On viendra vous chercher pour la corvée de ramassage. »

David s'installa, les pieds joints sur une saillie de la paroi qui constituait une excellente butée. La pente n'était pas trop vive et l'on pouvait s'asseoir sans risquer de glisser comme sur la rampe d'un toboggan. La chaleur l'engourdissait déjà. Il fut heureux de penser qu'il ne passerait pas la nuit à grelotter dans son nid de chiffons. Il voulut faire part de son contentement à Suzie, mais la jeune fille fit la grimace : « C'est de la mauvaise chaleur, grogna-t-elle. Pleine de poison. Tout ce qui provient des bombes est mauvais. »

Les gosses s'étaient déjà couchés les uns contre les autres, suçant leur pouce ou marmonnant des comptines rassurantes de leur invention. La fatigue de la marche forcée s'ajoutant à la chaleur des braises invisibles les avait foudroyés.

« Dors donc, soupira David en étouffant un bâillement. Ici au moins aucun char ne nous roulera dessus et nous n'aurons pas à sursauter à la moindre vibration du sol. »

Il songeait au sommeil comme à une gourmandise longtemps convoitée. Dormir, dormir sans rêver que les plaques d'acier d'un train chenillé vous réduisaient les os en poudre, n'était-ce pas là le plus beau des cadeaux ?

Sur la plaine on ne connaissait jamais le vrai repos. On dormait dix, quinze minutes, puis en se réveillait en sursaut pour s'assurer qu'aucun tank n'approchait en catimini. Hagard, le visage bouffi de fatigue, on retombait sur le sol, pour vingt ou trente minutes de sommeil, puis à nouveau l'angoisse vous tirait brutalement de l'inconscience et l'on se dressait comme un diable à ressort en marmonnant : « Hein ? Quoi ? Qu'est-ce qui se passe ? »

Le sommeil, le vrai sommeil, c'était un luxe qu'on ne pouvait guère s'offrir qu'au sein des trous de bombes, dans ces terriers verticaux creusés par les pilonnages des premiers temps du conflit.

Se sachant en sécurité, loin des chars, l'esprit plongeait dans le néant avec un bonheur sans égal. À l'intérieur des impacts on dormait et l'on mangeait, rien d'autre... À part la corvée de ramassage, bien sûr. Mais cela c'était normal, il fallait bien payer le loyer de l'hospitalité, n'est-ce pas ?

À son réveil, David chercha vainement à localiser les adultes, mais il se fit la réflexion que ceux-ci vivaient sans doute plus bas, dans la zone de pénombre. Plus l'on descendait plus la chaleur devenait vive, et les vieux étaient toujours frileux. Cette localisation tenait aussi au fait qu'ayant moins de force que les jeunes, ils glissaient progressivement vers le fond et demeuraient incapables de reconquérir le terrain perdu. Généralement ils perdaient pied en dormant. La morsure des aspérités qui leur labouraient le dos au cours de la glissade les réveillait au bout de cinq ou six mètres, mais le temps de freiner leur chute et de trouver une nouvelle prise, ils s'étaient enfoncés d'une bonne dizaine de mètres à l'intérieur de la zone obscure. Ceux qui avaient encore de bons muscles pouvaient tenter de regagner le terrain perdu, les autres devaient s'acclimater à leur nouvelle situation. Les vieux souffraient toujours de maladies bizarres aux noms imprononçables : arthrite, rhumatismes... et ces affections les rendaient peu à peu impropres à l'escalade, les condamnant à disparaître progressivement dans l'obscurité du fond.

« Et c'est aussi bien ! sifflait Suzie. Moins on les

voit mieux on se porte ! »

À ce qu'on racontait, les vieux avaient inventé la guerre, c'est à eux qu'on devait de vivre au milieu des chars et des mouettes renifleuses, et certaines leur en tenaient grief. David n'avait pas d'avis sur la question ; pour en vouloir aux adultes, il aurait fallu qu'il parvienne à se rappeler comment les choses allaient *Avant*.

Pour le moment il n'avait pas envie de réfléchir. Rien ne devait gâcher son plaisir. Pas de chars, pas de mouettes, que pouvait-on rêver de mieux ?

Il savoura son engourdissement. Sous ses reins la paroi vitrifiée était chaude, vraiment chaude, et il se fit la réflexion que les braises, tout au fond du trou, devaient être encore sacrément brûlantes. Il eut une brève pensée pour ceux qui perdaient prise pendant leur sommeil ou sur un faux mouvement. Finissaient-ils par tomber au terme de l'interminable glissade au beau milieu du « bivouac » qui les rôtissait aussitôt ? Cette pensée troubla quelque peu sa sérénité, et il s'empressa de la chasser.

Se redressant sur un coude, il compta les petits. Aucun n'était tombé, quant à Suzie, elle dormait, son mince visage parcouru de crispations nerveuses. Sans doute rêvait-elle aux mouettes ? Certains adolescents, quand ils entraient dans la tranche d'âge des menacés, choisissaient de venir vivre à l'intérieur des impacts. Au cours de cette quête beaucoup mouraient, fauchés par un détecteur volant avant d'avoir pu se faire adopter par un clan d'enterrés. De toute manière, on ne devenait pas un planqué du jour au lendemain. Pour cela il fallait avoir de bons bras, et un sens inné de l'escalade, faute de quoi on « dévissait » et l'on disparaissait au fond du trou sans espoir de retour.

Suzie manquait de musculature comme toutes les filles, mais elle était extraordinairement souple. David était sûr qu'elle aurait pu vivre sans grand problème au creux d'un entonnoir. À une ou deux reprises, il avait failli le lui proposer, mais il y avait renoncé alors même que les mots se formaient sur sa langue. Pourquoi ?

Si elle avait accepté, il aurait fait comme elle. Il n'était pas mécontent de ses bras, et il pensait sincèrement pouvoir rivaliser avec ces trous du cul d'alpinistes qui passaient leur temps à faire des effets de biceps pour épater les filles de la plaine. Si Suzie avait dit oui, ils seraient tous les deux devenus des apprentis-planqués... Mais c'était une idée idiote. Jamais Suzie n'aurait accepté d'abandonner les petits à leur sort, ou de les confier à un autre clan où on les aurait peut-être maltraités.

David se rallongea, les yeux fermés. C'était bon de sentir la chaleur irradier sous ses reins. Ici, au ras de l'ouverture, elle était agréable, chauffant le verre à bonne température. Il en allait autrement plus bas... Dans la zone nocturne, la cuisson de la paroi devenait peu à peu insupportable, au point qu'on devait s'envelopper de chiffons si l'on ne voulait pas griller.

David s'ébroua. Il ne fallait pas penser à ça. De toute manière, les errants demeuraient cantonnés sur la zone éclairée. Si l'on se tenait tranquille et si l'on évitait les faux mouvements on ne courait aucun risque de se retrouver trois ou quatre étages plus bas, avec les vieux et les maladroits.

Alors que David se rendormait, le garçon qui avait accueilli le clan vint le secouer. C'était l'heure du ramassage, tous les errants devaient se hisser jusqu'à l'embouchure du cratère et se tenir prêts à courir dès qu'on entendrait les moteurs.

David grommela, expédia une bourrade à Antonin, et posa la main sur l'épaule de Suzie. Quand la jeune fille ouvrit les yeux, il se contenta de murmurer : « Parachutage ». Elle battit des paupières pour signifier qu'elle avait compris.

Ils sortirent lentement du cratère, attentifs à ne pas perdre l'équilibre, et s'agenouillèrent sur la plaine vitrifiée, les yeux levés vers le ciel. Au bout d'un moment, David perçut le ronronnement des avions ravitailleurs. C'étaient des machines sans pilotes qui effectuaient mécaniquement les missions pour lesquelles on les avait programmées une dizaine d'années plus tôt.

Elles surgissaient des nuages et larguaient en des points immuables des conteneurs d'aluminium bourrés de conserves, de cigarettes, de trousses médicales, de nourriture déshydratée, de chewing-gum, de préservatifs, et autres trésors qui avaient sans doute été nécessaires aux combattants de jadis.

Ces parachutages constituaient l'unique source de ravitaillement des enterrés, car rien ne poussait sur les parois stériles de l'impact. S'ils voulaient manger, il leur fallait s'emparer des conteneurs d'aluminium avant que d'autres clans ne se les approprient. Cependant, si l'un d'entre eux avait commis l'erreur de sortir du trou pour galoper en direction de la tache blanche des parachutes, il aurait été aussitôt repéré par une mouette et abattu séance tenante, car c'étaient tous des hors-la-loi, des tricheurs qui avaient outrepassé leur temps d'existence. Des presqu'adultes de dix-sept ans, et des vieux de vingt ou même vingt-trois ans. Dès qu'elles repéraient de tels déviants, les mouettes fendaient l'air avec des sifflements rageurs et se mettaient à voler en rase-mottes, leurs canons pointés. Parfois elles tombaient à quatre ou cinq sur le même garçon, le réduisant en poussière grise avant même qu'il ait eu le temps de se rendre compte de ce qui lui arrivait.

Les enterrés ne pouvaient quitter l'impact. S'éloigner de la zone de brouillage des ondes radar c'était accepter une mort certaine. « C'est pour ça qu'ils nous font si bonne figure, grinçait Suzie. Sans nous ils crèveraient de faim. »

David se massa les mollets et les cuisses. Il avait les muscles raides et il allait lui falloir galoper aussi vite que possible pour s'emparer des cylindres de ravitaillement dès que ceux-ci auraient touché le sol. Il convenait d'être rapide à ce jeu, car en ce moment même, les coureurs de trois ou quatre autres clans tapis dans les collines se préparaient eux aussi à prendre le départ, les yeux fixés sur la tache blanche des parachutes.

Les ravitailleurs ronronnaient tout là-haut, gros avions de fer déjà tachés de rouille, prisonniers d'une routine qui les condamnait à effectuer chaque semaine le même voyage. Jadis ils avaient volé ainsi pour approvisionner une armée en campagne, une compagnie d'éclaireurs ou un cantonnement coupé de ses arrières, aujourd'hui ils continuaient à larguer leurs colis sur des positions ravagées depuis longtemps, laminées, effacées... Et il en irait ainsi jusqu'à ce que les vieux appareils tombent en panne, refusent de prendre l'air, ou s'écrasent en cours de mission. Ils étaient déjà aujourd'hui beaucoup moins nombreux que par le passé. Les missiles, les canons automatisés, avaient creusé des brèches dans l'escadrille. Les points de largage étant connus, de nombreux clans s'étaient installés aux alentours pour bénéficier de cette manne tombant du ciel. Leur disputer les conteneurs devenait au fil du temps de plus en plus difficile.

« Le vent souffle dans la bonne direction, chuchota le garçon aux muscles durs. Il devrait rabattre les parachutes vers vous. Si vous êtes rapides, vous parviendrez à prendre les autres de vitesse. »

David fit signe aux enfants du clan de le suivre et bondit en avant, les coudes au corps, galopant vers l'endroit approximatif où il pensait que se poseraient dans quelques minutes les cylindres d'acier. Le vent était pour eux. Les parachutes allaient dévier vers l'impact. Il n'en allait pas toujours ainsi, et c'est parfois la rage au cœur qu'on voyait les bourrasques pousser les corolles blanches en direction des montagnes, là-bas, si loin qu'on n'avait guère de chance de pouvoir les retrouver avant qu'un autre clan ne mette la main dessus.

Oui, le vent pouvait tout ficher par terre, vous privant de ravitaillement jusqu'à la semaine suivante.

David courait, avalant la poussière sèche de la plaine. Au-dessus de sa tête, le premier parachute venait de s'ouvrir, et le cylindre d'aluminium tournoyait en lançant des reflets. Il entendit Suzie lui crier un avertissement, mais c'était inutile. Il avait déjà repéré le nuage de poussière levé par un autre clan à l'affût qui venait de se mettre en marche. La perspective d'un affrontement lui noua l'estomac. Il regarda par-dessus son épaule pour voir si les mioches suivaient. Pas assez forts pour tirer les conteneurs, ils se révélaient cependant de redoutables lanceurs de cailloux dès qu'il s'agissait de tenir l'ennemi à distance. Méchants et précis, ils n'hésitaient pas une seconde à fendre les têtes et à crever les yeux. La plupart d'entre eux étaient équipés de lance-pierres rudimentaires qui faisaient cependant merveille à distance moyenne.

David leva le nez. La grande fleur blanche du parachute grossissait à vue d'œil. Maintenant il s'agissait de se saisir du cylindre à la seconde où il toucherait terre, de se défaire des suspentes et de traîner le conteneur de toute la force de ses muscles en direction de l'impact.

Il fit un saut de côté au moment où la grande boîte

de métal se cabossait sur une pierre. Déjà Suzie et Antonin étaient à ses côtés, l'aidant à tirer l'étui de fer couvert de chiffres et de symboles. Ils défirent les attaches du parachute que les mioches entreprirent de bouchonner à la hâte. C'était de la bonne toile, résistante, dans laquelle on pouvait tailler des vêtements, et il n'était pas question de la laisser perdre. Avec les câbles, on tresserait des paniers. Les harnais seraient utilisés pour les besognes de remorquage. Ils serviraient également à sangler les bébés sur le dos des plus grands. Tout était bon dans un parachute.

David s'écorchait les doigts sur les poignées du cylindre. Il tirait, tirait, dans le grand bruit de ferraille du conteneur qui rebondissait sur les cailloux. Derrière lui les mioches avaient commencé à faire siffler leurs frondes ou à tendre l'élastique de leurs lance-pierres pour tenir l'ennemi à distance. David eut une pensée pour les autres cylindres de ravitaillement qui allaient tomber d'ici quelques secondes, mais il aurait été téméraire de vouloir trop en faire. Le clan comptait trop de jeunes en bas âge pour pouvoir se permettre un engagement direct avec des adolescents. Mieux valait prendre sa part et battre en retraite. Les autres cylindres feraient diversion. Pendant qu'on s'affronterait pour leur possession, David et les siens auraient déjà rejoint le cratère et personne n'oserait les suivre jusque-là.

CHAPITRE V

Le conteneur fut déposé au bord du cratère et le garçon musculeux qui avait accueilli le clan fit aussitôt sauter les fermoirs maintenant le capot en place. Les enfants se pressaient autour de lui, alléchés par ce coffre aux trésors rempli de choses succulentes. Il y avait là de nombreuses boîtes de conserves soigneusement rangées les unes contre les autres, des bouteilles de bière et de sodas, des paquets de médicaments, des colis mystérieux dont on ignorait tout, mais qui vous mettaient l'eau à la bouche. Tout cela était bien un peu rouillé et couvert de poussière grise, mais personne ne se sentait d'humeur à faire le difficile.

La distribution s'effectuait d'une manière étrange qui faisait toujours rire les mioches. Le garçon préposé à la cérémonie s'installait en effet au bord du cratère, les pieds dans le vide, et, saisissant les boîtes de conserve les unes après les autres, les faisait rouler le long de la pente. En raison de l'inclinaison du terrain, les petits cylindres de fer blanc prenaient rapidement de la vitesse. C'était magique. Ils roulaient de plus en plus vite, ricochant sur les saillies de la paroi qui les faisaient dévier de leur trajectoire initiale et les expédiaient dans d'autres directions. « Gare en dessous ! » criait le responsable de la distribution, et il jetait une nouvelle boîte sur la pente d'un mouvement coulé du bras. Il ne visait personne en particulier. L'itinéraire des boîtes dépendait uniquement des accidents du sol et des butées naturelles qui tantôt retenaient les conserves, tantôt les faisaient rebondir de manière étonnante. « Gare en dessous ! » répétait-il, et les rations de haricots à la tomate, le bœuf en gelée, les saucisses-lentilles, dévalaient la pente en grondant. C'était drôle ces bruits d'avalanche qu'amplifiait l'entonnoir du cratère. On aurait dit que des dizaines de gros cailloux dévalaient la pente, s'apprêtant à tout emporter sur leur passage. David, au contraire des mioches, ne prenait aucun plaisir au spectacle des distributions, car il trouvait pitoyables les gesticulations des hommes et des femmes qui, collés contre la paroi, étendaient les bras pour tenter d'intercepter au passage les petits cylindres de fer remplis de nourriture. Il fallait les voir s'agiter, se contorsionner pour saisir les boîtes virevoltantes tout en essayant désespérément de conserver leur équilibre. David n'aurait voulu pour rien au monde se trouver à leur place. Ce devait être horrible d'entendre dégringoler ces projectiles de fer blanc dont votre survie dépendait, mais qui pouvaient tout aussi bien vous fendre la tête comme un gros caillou jeté depuis le haut d'une montagne. Si l'on se ratatinait sur place, les mains jointes sur le sommet du crâne pour se protéger, on laissait passer la manne et l'on se condamnait à crever de faim jusqu'à la prochaine répartition de nourriture. Si, au contraire, on tendait les bras, mains ouvertes, pour capturer au passage une portion de haricots-tomate, on courait le risque de faire un faux mouvement, de perdre son assise et de dévisser... « Dévisser » c'était rouler tel un paquet de chair le long de la pente, jusqu'à l'engloutissement dans la zone de ténèbres, jusqu'à la chute au milieu des braises.

David avait chaque fois hâte que la cérémonie s'achève. Il lui déplaisait de voir les enterrés remuer gauchement comme de grosses araignées collées à la paroi. Leurs bras battaient l'air, leurs ongles griffaient la pente de verre. Ils sautillaient grotesquement, les pieds calés sur une saillie. Ils criaient des choses qu'on ne comprenait pas. Les conserves roulaient à leur rencontre, se bosselant un peu plus à chaque rebond. Parfois elles les frappaient en plein visage ou dans la poitrine, les assommant. Alors, on les voyait basculer en arrière, cul par-dessus tête, incapables de se retenir, et disparaître dans la pénombre. Chaque chute provoquait des hurlements de frayeur, car chacun redoutait d'être heurté par le malheureux et entraîné à sa suite. On s'écartait donc au plus vite sans chercher à lui porter secours.

« Pif ! Paf ! » scandaient les mioches en se tenant les côtes.

Les jeunes, souples et rapides, dansaient en ricanant au milieu de l'avalanche de conserves, n'hésitant devant aucune pirouette suicidaire pour accroître leur butin. On aurait dit des singes bondissant à la verticale d'un pan de roche. Ils défiaient les lois de la pesanteur, les bras encombrés de boîtes tordues, ne se fiant plus qu'à l'appui de leurs seules jambes. Leurs muscles durcis par les exercices de voltige encaissaient sans grand dommage le bombardement. David en avait vu qui continuaient de rire, l'arcade sourcilière fendue, le visage couvert de sang.

Les choses se gâtaient aux niveaux inférieurs, là où s'accrochaient les plus âgés, les adultes ou les vieux aux capacités physiques déjà entamées. Ceux-là poussaient des couinements de souris terrifiée, ne sachant s'ils devaient se protéger des chocs ou tendre les mains. C'était une pitié de les voir se dandiner dans la pénombre, une expression d'avidité angoissée sur le visage. Leurs mains battaient l'air, suppliantes, grandes bêtes blanches couturées de cicatrices. Pour les conserves en folie, ils constituaient une cible d'élection. « Boum ! » scandaient les mioches chaque fois qu'une boîte de fer blanc frappait un vieux au visage, le décrochant de son surplomb comme une maigre quille enveloppée de guenilles.

« Boum ! » et David serrait les dents. Il n'avait pas de tendresse particulière pour les adultes, mais il n'aimait pas les voir rouler sur la pente, le cul à l'air, poussant des cris terrifiés que personne n'écoutait.

« Gare en dessous ! »

David songeait qu'on aurait pu sans mal inventer un autre système de distribution, une méthode moins cruelle, moins meurtrière, mais sans doute s'agissait-il là d'un système de sélection ayant pour fonction de régler le problème de la surpopulation à l'intérieur de l'impact ? De toute manière, Antonin lui avait déjà dit que cela ne le regardait pas. Chaque clan choisissait ses coutumes, il n'y avait pas à revenir là-dessus. Émettre une critique ç'aurait été courir le risque d'être chassé séance tenante de l'entonnoir. Et puis qu'est-ce qu'on en avait à foutre des vieux ?

David savait tout cela, mais il continuait à détester la cérémonie de la distribution de nourriture. Il essayait de ne pas songer aux vieillards qui avaient peu à peu dégringolé la pente au point de se retrouver prisonniers de la zone de ténèbres, juste au-dessus des braises. Ceux-là ne voyaient rien et devaient repérer les conserves à l'oreille. C'étaient de loin les plus handicapés, et le moindre mouvement violent leur était extrêmement pénible. Comment, dans ce cas, parvenaient-ils à se nourrir ? Sautaient-ils comme les autres, d'un surplomb à l'autre, comme de vieux singes au poil gris, les dents serrées sur les douleurs qu'un tel traitement faisait naître dans leurs os émiettés ?

La distribution achevée, le garçon remit à David la part du clan. Certaines des conserves étaient munies d'un système autochauffant qu'on activait en tirant sur une languette de métal, mais dans la plupart des cas le truc ne marchait plus... Les boîtes étaient vieilles, tachées de rouille, toutes granuleuses d'oxydation. Il arrivait que leur contenu soit toxique, et il était prudent de le flairer longuement avant de l'engloutir. Suzie avait appris aux gosses à se méfier de la nourriture et à la goûter du bout de la langue, mais ils étaient si gloutons qu'ils appliquaient rarement ces conseils. Ils piochaient avec les doigts dans le cylindre de fer blanc, se barbouillant de sauce figée. Quelques-uns étaient morts empoisonnés au cours de l'année passée pour s'être goinfrés de nourriture avariée. Les vomissements les avaient emportés en quelques heures à peine sans qu'on puisse rien faire pour les secourir.

David flairait sa ration, plantait un index dans la sauce et le léchait. S'il ne détectait aucun goût métallique, si les aliments ne lui piquaient pas la langue, alors seulement il se décidait à manger. Suzie et Antonin l'imitaient. Les mioches, eux, étaient trop voraces pour prendre la moindre précaution, si on les avait laissé faire ils auraient bien mangé la boîte en fer une fois leur repas achevé.

Tout de suite après la sensation de plénitude stomacale venait l'engourdissement. C'était le meilleur moment de la journée, un bref instant de bonheur physique avant la grande gourmandise du sommeil. Sa ration achevée, David se cala sur son appui, le dos bien collé à la pente, les bras écartés pour augmenter sa surface d'adhérence. Il regarda le ciel devenir rouge dans la découpe du trou et se sentit satisfait de son sort. Il était fier d'avoir pu ramener le cylindre de ravitaillement en évitant un accrochage avec l'autre tribu affamée. Même le type qui les avait accueillis avait été étonné de leur rapidité d'action. Il n'y avait guère qu'en cas d'affrontement que les mioches se révélaient à la hauteur, car leur méchanceté naturelle trouvait là une parfaite occasion de s'exprimer. Ce soir ils avaient fait merveille avec leurs lance-pierres et leurs frondes, et David conservait encore dans l'oreille le bruit sourd des projectiles fendant le crâne des ennemis qui avaient commis l'imprudence de sous-estimer ces marmots au cul nu.

Oui, ç'avait été une bonne journée, et une fois de plus il se prit à songer à ce que pourrait être leur vie au creux de l'impact. Instinctivement il chercha Suzie du regard. Cette fois il était décidé à tenter sa chance. « Et si on restait là ? » murmura-t-il comme s'il se parlait à lui-même ? La jeune fille tressaillit. « Chez ces barbares ? hoqueta-t-elle. Tu veux rire, j'espère ? Tu as vu ce qu'ils font aux vieux ?

– Je croyais que tu n'aimais pas les adultes, marmonna David décontenancé et regrettant déjà de s'être découvert.

– Je ne les aime pas, mais je ne les lapiderai pas de cette manière pour autant. C'est absurde et hypocrite. S'ils veulent les faire tomber, ils n'ont qu'à leur jeter des pierres, et ne pas faire semblant de les nourrir. En plus, cela gâche la nourriture, et j'ai horreur du gaspillage. »

David haussa les épaules, excédé. Discuter avec Suzie se révélait toujours beaucoup plus compliqué que prévu. Elle n'était pas capable de considérer les choses simplement. David n'aimait pas non plus qu'on lapide les vieux, mais il savait la chose nécessaire. Les tribus devaient veiller strictement à ce que leur population n'augmente pas, car la nourriture était rare, c'était là une règle de base qu'aucune personne de bon sens n'aurait imaginé de contester.

Déçu, il grogna et renonça à discuter. Il ne comprenait pas pourquoi Suzie ne se résignait pas à admettre l'évidence : ce n'était qu'en se cachant à l'intérieur d'un impact qu'elle échapperait aux mouettes. Combien de temps croyait-elle qu'elle gambaderait encore impunément à travers la plaine ? Ses jours étaient comptés... Un matin, au moment où elle s'y attendrait le moins, l'unité de détection tomberait des nuages, virgule d'acier poli à la chute chuintante et mortelle, et tout serait dit. Il suffirait d'une seconde et... Tchaaaccc...

Il fut interrompu dans ses réflexions par les mioches qui s'organisaient en vue de la nuit et improvisaient l'une de ces cérémonies magiques dont ils étaient friands. Cette fois il s'agissait – si l'on ne voulait pas perdre l'équilibre au cours du sommeil – de répéter trois fois sans se tromper la formule : *falbala-pirlipi-Conucatilédon*... Ces mots sybillins avaient le pouvoir, à ce que prétendaient les marmots, de vous empêcher de rouler le long de la pente, mais pour que le charme agisse, il fallait les prononcer à toute vitesse, en un vrombissement qui laissait à peine le temps à l'auditeur d'en distinguer les syllabes.

David, sourd à ces bêtises, ferma les yeux. Il avait trop de sommeil en retard pour s'offrir le luxe d'une insomnie. Comme chaque fois qu'il dormait le rêve vint le visiter. C'était un rêve étrange, un vieux compagnon d'inconscience fait d'images appartenant au monde d'Avant, et dont il ne comprenait pas bien la signification.

Cela commençait toujours par une sensation de chaleur et de douceur. Il était petit, beaucoup plus petit qu'à présent, et on le serrait contre une poitrine molle et chaude. Des seins sans doute... des seins de femme, de femme adulte, pas de jeune fille. C'était un contact rassurant et agréable. Des bras noués le tenaient plaqué dans cet abri, à l'écart de l'extérieur, du monde. Il se rappelait soudain le contact de l'étoffe pelucheuse de la chemise, et l'odeur sucrée de sueur macérée qui montait de son échancrure. La femme qui le portait transpirait et n'avait pu se laver depuis des jours et des jours. C'était au cours d'une bizarre cérémonie qu'on appelait « exode ». De temps à autre, quelqu'un disait à la femme : « Tu n'en peux plus, donne, je vais le porter. » C'était une voix d'homme, grave, haletante. Des mains dures et nerveuses s'emparaient alors de David, et il se retrouvait cette fois aplati contre une poitrine dure, pas très accueillante. Son odeur de sueur était plus acide que celle de la femme, et son contact moins confortable. Trop d'os sous la chair, pas assez de seins. C'était dur sous la joue.

De temps en temps, la femme pleurait, l'homme alors la consolait ou la grondait d'un ton nerveux. « Ce n'est pas le moment ! » disait-il souvent. David préférait se pelotonner dans les bras de la femme, la tête coincée entre les boules chaudes de ses mamelles. Il ne distinguait jamais les visages, pas plus celui de l'homme que celui de la femme. Il ne se souvenait que de la chaleur et du contact des poitrines. Sans doute s'agissait-il de M'man et de P'pa, mais il avait beau faire des efforts, jamais il ne parvenait à distinguer leurs traits. Il faisait d'ailleurs tant d'efforts qu'il finissait immanquablement par se réveiller, les joues humides de larmes qu'il essuyait précipitamment, honteux de s'être laissé aller à de tels débordements.

Il en était arrivé à se demander si ses parents avaient bien eu une tête sur les épaules. Il lui aurait été désagréable d'être le fils d'un couple de décapités, mais Suzie lui avait assuré que cela était impossible. Les adultes avaient forcément des têtes, pas très jolies sans doute, mais des têtes tout de même et nanties des accessoires indispensables : yeux, nez, bouche...

David aurait voulu se rappeler l'agencement de ces diverses parties chez ses parents. Avaient-ils été aussi laids que les adultes qu'on entr'apercevait aujourd'hui au fond des trous de bombe ? Il se plaisait à croire que non. Sans doute les grandes personnes étaient-elles moins affreuses avant la guerre. C'était la peur qui les avait abîmées. Toutes ces grimaces qu'on faisait quand la terreur vous tombait dessus finissaient par vous dessiner des plis sur la peau, à la longue ces plis devenaient indélébiles, on les appelait alors des « rides », c'était moche à ne pas croire.

Le rêve, chaque fois qu'il le visitait, le laissait désorienté pour de longues heures, c'était d'autant plus rageant que la netteté des images ne s'améliorait jamais. P'pa et M'man demeuraient décapités, réduits à des corps dont David éprouvait la mollesse ou la dureté. Seules les phrases changeaient. David en connaissait toutes les variantes. Il y avait :

Les alertes l'empêchent de dormir... Il va finir par tomber malade...

Tu ne trouves pas qu'il a maigri ? Ses paupières sont pleines de croûtes.

Tu ne dors pas assez... ça ne sert à rien de le veiller jour et nuit.

Est-ce qu'il y aura une nouvelle distribution de nourriture ?

Tu es folle de ne pas manger. Tu crois que je ne sais pas que tu lui donnes ta part ? Ce sera malin quand tu tomberas malade, je devrai vous porter tous les deux...

Les voix étaient tantôt geignardes tantôt chargées de colère. Elles se perdaient dans un bruit de fond de sirènes d'alerte et d'explosions.

David ne parvenait pas à déterminer s'il aimait ou s'il détestait ces souvenirs incomplets. Il lui semblait étrange d'avoir pu côtoyer de manière si intime des adultes ; c'était un peu comme si on lui avait dit qu'il avait été élevé par un couple de lions. Il avait vu des lions sur les livres d'images, ils n'avaient pas l'air commode. Au bout du compte, il en savait davantage sur les lions que sur ses parents.

Suzie ne parlait jamais de ses souvenirs. David pensait que c'était parce qu'elle avait honte d'avoir eu pour père et mère des adultes. Sans doute aurait-elle préféré naître dans l'une de ces roses des sables qu'on découvrait parfois dans le désert ? Mais c'était impossible. David savait bien comment naissaient les enfants. Les adultes qui vivaient au fond des trous, ceux qui n'étaient pas stériles du moins, les fabriquaient avec leur zizi, en s'emboîtant les uns dans les autres comme les avions qui se ravitaillent en vol. C'était une sacrée manœuvre qui dégoûtait Suzie et ne contribuait qu'à augmenter son aversion pour les vieux. Chaque fois qu'entre les nuages on voyait des jets se faire ravitailler par des tankers, elle détournait les yeux, et David devinait sans peine à quoi elle pensait à ce moment-là.

Peu à peu les échos du rêve s'estompèrent, et il finit par se rendormir. Quand il se réveilla, les mioches menaient grand tapage. Selon un rite qu'ils avaient inventé, ils se tapaient mutuellement sur la tête avec des pierres plates pour s'empêcher de grandir. C'était selon eux, le seul moyen de rester petit toute la vie durant, mais David songeait quant à lui que cette manœuvre ne contribuait qu'à les rendre chaque jour un peu plus crétins, ce qui n'était pas peu dire.

Il se frotta le visage et déboucha sa gourde, mais elle était presque vide. Pour combattre la déshydratation, il se résolut à mâcher l'une des tablettes médicamenteuses tirées du cylindre de ravitaillement.

En se retournant il prit conscience que Suzie n'était plus là. S'agenouillant, il entreprit aussitôt d'escalader la pente en direction de l'embouchure du cratère.

Alors que ses yeux atteignaient le niveau de la plaine, il aperçut la jeune fille. Elle était assise sur une roche vitrifiée en compagnie d'un adolescent blond et maigre à la figure émaciée, toute grêlée de cicatrices d'acné. Elle riait, comme si l'inconnu était en train de lui raconter des blagues. C'était rare de la voir rire, et David en fut tout décontenancé. Il prit pied sur la plaine et marcha vers le couple. Tout à coup ses mains l'embarrassaient.

Le garçon blond tourna aussitôt la tête vers lui. Il riait toujours, mais ses yeux étaient devenus froids. Il avait les cheveux incroyablement clairs, presque blancs. Les cicatrices dessinaient une multitude de minuscules cratères sur son visage aux pommettes saillantes. « C'est un vieux, pensa David, rassuré. Il a au moins dix-sept ans. »

Mais le rire de Suzie mettait trop longtemps à s'éteindre, il en fut meurtri.

« Salut, dit l'inconnu en lui tendant la main. Tu dois être David. Moi je suis Fucker Boum-Boum... »

CHAPITRE VI

Fucker parlait d'une voix nasillarde et pénible. Les mots sortaient en rafales crépitantes de sa bouche aux lèvres pâles, à une telle rapidité qu'on avait parfois du mal à les saisir au vol. Tassés dans l'enveloppe étroite d'une phrase crachée comme un obus, ils perdaient une partie de leurs syllabes et se trouvaient réduits à de curieux raccourcis. Fucker parlait sans reprendre respiration, ce qui finissait par donner à son discours une sonorité chuintante proche de la suffocation. À force de lui prêter attention, on se surprenait à haleter en cadence, comme si l'on était soi-même à bout de souffle. C'était agaçant.

D'abord, il annonça qu'il n'était pas si vieux qu'on croyait, il avait à peine quinze ans, mais il était grand pour son âge. Et puis les cicatrices, sur son visage, le vieillissaient salement, il n'y pouvait rien. Il ne faisait pas partie de la tribu des enterrés, du moins pas complètement. Et à vrai dire, il ne tenait pas à s'acoquiner avec ces gens-là.

« J'en avais marre de m'user les pieds sur la peau de la plaine, expliqua-t-il, c'est pour ça que j'ai demandé l'hospitalité aux planqués. Je croyais que ce serait une bonne solution. Les derniers temps j'avais attrapé le torticolis à force de marcher le nez en l'air pour guetter l'arrivée des mouettes. Quand on arrive à quinze ans on sait que la sanction va vous tomber dessus, alors on fixe les nuages à s'en crever les yeux. »

Les habitants de l'impact l'avaient accepté sans faire d'embrouilles, à condition bien sûr qu'il participe à la corvée de ramassage. Les premiers temps il avait éprouvé quelque difficulté à se déplacer sur la pente, et surtout à dormir sans se casser la figure, car il gigotait dans son sommeil, se retournant d'un flanc sur l'autre, puis il s'y était habitué, ses muscles avaient commencé à durcir, son sens de l'équilibre s'était développé. Il s'était mis à songer qu'avec un peu d'entraînement il deviendrait comme les autres : un sacré singe capable de danser à la verticale de la paroi sans jamais manquer sa prise. C'est alors que...

Il baissa soudain la voix, adoptant un ton de conspirateur.

« Je voulais vous prévenir avant qu'il soit trop tard, souffla-t-il en jetant un coup d'œil par-dessus son épaule. Les gars d'ici jouent aux bons bougres, mais vaut mieux s'en méfier. Le cratère, c'est un piège pour les gosses de la plaine. J'ai mis un moment à piger, mais maintenant je sais ce qui se traficote dans la zone d'ombre. Si vous voulez un conseil, ne vous attardez pas ici, *y'a danger les mecs.* »

David et les autres s'entre-regardèrent. Suzie avait pâli, Antonin avait entrepris de se ronger les ongles avec une ardeur de castor affamé. Seul David était demeuré impassible, verrouillé sur son angoisse, les mains plus froides qu'un caillou une nuit de gel.

Fucker baissa encore la voix. Les mioches apeurés formaient un cercle compact autour de lui. Eux qui ne tenaient jamais en place, paraissaient tout à coup figés comme des statues de glaise.

« Le cratère, répéta le garçon aux cheveux blonds, c'est un piège pour les petits trous du cul dans votre genre. Vous vous croyez en sécurité parce que le halo de la bombe vous protège des mouettes, mais on court d'autres risques à rester trop longtemps ici. Croyez-moi, j'ai pas les yeux dans ma poche. »

Il parlait d'un air entendu, en vieux coureur de pistes qui en sait plus long que le reste des mortels. Il n'avait pas les yeux dans sa poche, non. Il avait appris à se méfier de tout le monde. Il savait ce qui se passait au fond du cratère quand on ne parvenait pas à s'emparer des caissons de ravitaillement largués par les avions et que la nourriture venait à manquer.

« Tu crois qu'ils se serrent la ceinture en attendant le prochain largage ? lança-t-il. Hé bien tu te trompes, bonhomme. À ce train-là, ils n'auraient plus assez de force pour se cramponner à la paroi et ils seraient tous tombés au fond depuis longtemps. Non, ils ont un truc. Un truc infaillible pour vous piéger à votre insu.... Ils vous offrent du chewing-gum. »

David fronça les sourcils. Il ne comprenait rien à cette histoire. Les cylindres de ravitaillement contenaient toujours du chewing-gum et des cigarettes. Des capotes anglaises aussi, qu'on distribuait aux mioches pour qu'ils soufflent dedans et s'en fassent des ballons.

« La gomme, siffla Fucker, c'est des médicaments. Des analgésiques qu'on distribuait aux soldats pour qu'ils ne sentent plus la douleur et la fatigue. Des trucs vachement puissants capables d'anesthésier les pires blessures. C'est parfumé au citron, à l'orange, mais ça vous endort un marmot en deux temps trois mouvements. Quand on en a mâché, on roupille d'un sommeil de plomb dont rien ne peut plus vous tirer tant que le produit fait effet.

– Et alors ? coupa David, agacé.

– Alors, petit père, ricana le blondin, *on glisse...* »

C'était ça le piège. Ce sommeil artificiel profond comme la mort durant lequel on cessait de se cramponner à la paroi, et qui causait votre chute. On perdait prise sans s'en rendre compte, on glissait vers le bas, on roulait sans se réveiller, abruti par la drogue.

« Mais à quoi ça leur sert ? objecta David. On leur est plus utile vivant puisqu'on ramène les cylindres...

– Banane, rétorqua Fucker. Plus on descend vers le fond, plus la paroi vitrifiée devient chaude. Dans la zone de nuit totale, elle brûle comme une lame qu'on vient de retirer du feu. C'est du verre, mais tout ce qu'on pose à sa surface rissole comme dans une vraie poêle à frire. Tu piges ? Quand on glisse le long de la pente, on finit par entrer dans la zone de chaleur intense, et on se met à cuire dans son sommeil, sans même en avoir conscience. La chair grésille, saisie par la cuisson, et l'on reste collé au verre. On mijote, sans rien sentir, le cerveau et les nerfs paralysés par la gomme tranquillisante. On cuit à petit feu sans même ouvrir un œil. Ça prend trois ou quatre heures, mais c'est radical. Dès que la cervelle commence à blanchir au court-bouillon dans son emballage d'os, on ne risque plus de se réveiller, les jeux sont faits.

– Et après ? haletèrent les mioches qui ouvraient de grands yeux terrifiés. Après ?

– Après, chuinta Fucker, les vieux vous crochent avec de longues gaffes munies de crochets. Ils tâtonnent dans le noir pour vous récupérer. Ils appellent ça « aller à la pêche ». Quand ils vous ont ferré, ils vous remontent, vous laissent un peu refroidir, et se partagent les morceaux. Personne parmi les errants comme vous et moi qui logent aux étages supérieurs ne se doute de ce qui se trafique en bas. On pense que les pauvres malheureux ont été rôtis par les braises, et c'est en partie vrai, mais personne ne pense que les vieux profitent de l'obscurité pour se taper le gueuleton. »

Il se tut pour juger de l'effet de sa révélation. Les enfants étaient consternés. Les petits sanglotaient déjà en bafouillant qu'ils ne voulaient pas être mangés par les méchants adultes. Suzie était si stupéfaite qu'elle ne songeait même pas à les rassurer.

Aussitôt le blondin revint à la charge, multipliant les détails, expliquant comment il avait percé à jour le secret des enterrés. Les vieux qui vivaient dans la zone d'ombre, il les avait vus : ils étaient gras à lard, gavés de chair de marmots. De vrais ogres aux bedaines distendues. Les types des niveaux supérieurs étaient complices, après avoir distribué la gomme droguée, ils descendaient réclamer leur part de viande cuite qu'ils dévoraient à l'abri de l'obscurité. C'était de cette manière que la tribu survivait, en attirant les petits coureurs de plaine qui s'imaginaient en sécurité à l'intérieur de l'impact.

« Tant que vous parviendrez à ramener du ravitaillement il ne vous arrivera rien, insista Fucker. Mais si vous vous faites piquer les cylindres par d'autres tribus, alors là vous verrez les enterrés se mettre à bavarder avec les mioches, à rire avec eux... et à leur offrir du chewing-gum. C'est réglé d'avance. Et c'est toujours sur les petits que ça tombe, parce qu'ils sont plus tendres, comme des cochons de lait à ce que disent les vieux. Et puis un môme qui dégringole pendant son sommeil, ça n'a rien de bizarre, ça arrive tout le temps. »

David était atterré. Il aurait voulu pouvoir hausser les épaules, décréter que ce grand flandrin racontait n'importe quoi pour se faire valoir, mais la peur s'était insinuée en lui. Des images d'épouvante tournoyaient dans sa tête. Soudain il voyait tout : la glissade, le corps saisi par la morsure de la cuisson comme une viande jetée dans une poêle, et cette mort lente, inconsciente, sans douleur et sans cris. Ces victimes qui mouraient à leur insu, s'obstinant à dormir pendant que leur corps caramélisait lentement dans l'obscurité.

« Comment tu sais tout ça ? attaqua-t-il, désireux de surprendre Fucker en flagrant délit de mensonge.

– Je suis allé voir, dit tranquillement l'autre. Je suis descendu aussi bas que possible, à la limite de la zone de brûlure. Il y avait un moment que je me doutais de la combine. C'était toujours les gosses qui avaient mangé la gomme qui disparaissaient dans la nuit. Drôle de coïncidence. J'ai une bonne vision nocturne, si j'avais été soldat on m'aurait sûrement muté dans les commandos. J'ai vu les gaffes avec les crochets, j'ai vu les marques de cuisson sur la paroi, là où le jus a rissolé, ça dessinait des silhouettes humaines. »

David fut persuadé qu'il inventait, mais le clan était saisi de terreur. Les mioches s'étaient tassés les uns contre les autres, pleurnichant de concert, mangeant leur morve et leurs larmes mêlées.

« Pour l'instant, y'a pas le feu, fit Fucker conciliant. Vous avez ramené des conserves et tout le monde a le ventre plein. Le danger viendra plus tard, dès que la disette s'installera. Là faudra se tirer des pattes vite fait, et sans attendre la distribution de gomme.

– Merci de nous avoir prévenus, dit Suzie d'une voix blanche. Sans toi nous nous serions laissé piéger comme des idiots. »

Ces mots meurtrirent David, car ils faisaient de lui un benêt incapable de prévoir le danger. Il fut tenté d'accuser Fucker de mythomanie chronique, mais il sentit que le clan ne le suivrait pas dans cette direction.

La peur avait obscurci le jugement des enfants. Tout à coup ils avaient hâte de reprendre la route et le va-et-vient des chars leur semblait moins menaçant que la cuisine sournoise des adultes tapis dans la pénombre du cratère.

« Et toi qui voulais t'installer ici ! ricana tristement Suzie en se tournant vers lui. Ça, on peut dire que tu as de l'intuition ! »

David se sentit rougir. Il eut envie de crier : « C'est des conneries ! », mais il eut peur que le blondin le mette au défi de descendre dans la zone obscure.

La journée s'écoula, maussade, dans une atmosphère d'angoisse diffuse, et même les mioches restèrent assis sur leur cul, pleurnichant pour un oui ou pour un non. David, qui avait choisi de faire semblant de dormir, écoutait en serrant les mâchoires le bavardage ininterrompu de Fucker. Ce type était intarissable et l'on finissait par se demander comment il faisait pour ne pas tomber asphyxié, faute d'avoir repris sa respiration depuis une heure.

Suzie parlait, elle aussi. Beaucoup plus que d'ordinaire. Trop, en fait. Là voilà qui exposait sa théorie sur la souris de Waterloo et celle sur le Rinocérox, également. David en fut outré. Pourquoi racontait-elle cela à un inconnu ? Ces histoires appartenaient au clan et personne de l'extérieur n'avait à les connaître.

Plus tard, quand la jeune fille demanda au blondin pourquoi il était affublé d'un nom aussi bizarre, il lui fallut à nouveau supporter la logorrhée du garçon aux cheveux blancs.

Il s'appelait Fucker Boum-boum parce qu'il avait été engendré au milieu des bombardements avec la collaboration d'une putain officiant dans un bordel ambulant pour soldats. Son père était un artilleur, un maître-canonnier qui avait eu la tête emportée par un obus alors qu'il troussait justement la pute sur l'affût de son 75. L'incident ne l'avait pas empêché de terminer sa petite affaire, et la catin, hurlante, avait dû supporter que ce cadavre décapité se soulage dans un dernier coup de reins avant de tomber sur le dos, enfin inerte. On racontait que cette expérience l'avait rendue folle et que la maquerelle qui l'employait avait été contrainte de se passer de ses services.

Fucker parlait vite, criblant ses auditeurs de rafales de mots crépitants. En l'écoutant, David fut une fois de plus persuadé que toutes ces anecdotes sortaient de son imagination. Cependant, l'histoire du père décapité lui fit passer un frisson désagréable dans le dos. Fucker était donc né d'une putain démente, d'une fille à soldats repentie qui avait accouché dans les ruines d'un hôpital pilonné par les bombardements.

« Quand je suis sorti de son ventre, claironnait-il, j'ai tout de suite entendu le bruit des explosions, et au lieu de me mettre à brailler comme les autres marmots, j'ai crié : Boum-boum! c'était une musique qui me plaisait, comme une espèce de gros tambour qui battait la mesure. Comme un géant qui aurait tapé des poings sur la peau du Monde. Boum ! boum ! boum ! »

Fucker aimait la guerre. Fucker trouvait qu'on vivait une époque formidable. Rien ne lui faisait peur. Les bombardements l'excitaient au plus haut point. Leur musique lui titillait les nerfs, lui donnant envie de sauter comme un diable à ressort. Chaque fois que cela se produisait, il bondissait hors de sa cachette, indifférent aux éclats qui déchiraient l'air, aux vapeurs de gaz enflammé, et il dansait. Il dansait à s'en décrocher les membres, se cognant la poitrine des deux poings à la manière des gorilles. Boum-boum ! C'était sa danse, c'était sa musique. Chaque déflagration lui semblait la palpitation d'un cœur gigantesque expulsant un sang épais en un raz de marée qui allait submerger la Terre. Il sautait jusqu'à ce que les forces lui manquent, jusqu'à ce qu'il tombe le nez dans la poussière, un voile noir devant les yeux. Il était le danseur de l'Apocalypse, et la guerre était son orchestre, elle jouait pour lui.

Il s'excitait en parlant, et des gouttes de sueur roulaient sur sa face blême grêlée de minuscules cicatrices.

Non, il ne regrettait pas le temps d'Avant. Il trouvait satisfaisant que les adultes se soient fait moucher, c'était pas trop tôt, et ça leur pendait au nez depuis longtemps de toute manière ! Ils étaient partis, laissant aux enfants un monde plein de jouets merveilleux. Un monde où on ne s'ennuyait pas une seconde et où l'on ne savait jamais ce qui allait vous arriver le lendemain. Ça, c'était formidable, cette impossibilité de prévoir les choses, de faire des plans. Le monde d'Avant, d'après ce que lui en avaient dit les vieux, c'était le royaume de la grisaille, de l'ennui, des choses répétées un milliard de fois. Une routine affreuse qui ressemblait à une mort vivante, à un embaumement de tous les instants.

La guerre, la bonne guerre, la jolie guerre, avait balayé tout cela. Sa musique vous emplissait les oreilles, vous accélérant le cœur, jetant le sang dans vos veines à une pression proche de la rupture. Boum-boum ! Ceux qui se plaignaient étaient des imbéciles, des constipés toujours en train de se regarder l'anus pour voir si ça allait sortir. Fucker, lui, habitait le monde comme s'il s'agissait d'un formidable parc d'attractions. Les chars, les bombardiers, étaient ses manèges, les pilonnages d'artillerie son jeu de quilles. On s'amusait, et à quatre heures il y avait même ces fabuleux goûters qui vous tombaient du ciel au bout d'un parachute... c'était pas la bonne vie, ça ?

David l'écoutait, ne parvenant pas à démêler si le blondin exagérait dans le seul but d'épater Suzie. Mais peut-être était-il tout simplement dingue, barjif, ramolli du mou ?

« C'est bien, murmura tout à coup la jeune fille. C'est bien de rencontrer enfin quelqu'un qui n'a pas peur. Moi, il me semble que j'ai peur tout le temps. »

Elle avait parlé d'une petite voix exténuée, lasse, à peine audible. Il n'en fallait pas plus pour relancer le moulin à paroles du blondin. Lui, Fucker Boum-boum, il pissait au cul des chars, il jetait des cailloux aux mouettes. Il en avait même flingué une, une fois. Elle avait cramé en vol, un chouette feu d'artifice, ouais.

David ferma les yeux, écœuré par ce verbiage outrancier. Avait-on jamais entendu parler d'un adolescent capable d'abattre une mouette ?

Fucker pissait également sur les adultes, les vieux. Il les trouvait très bien là où ils étaient, au fond des cratères, cramponnés à la paroi en attendant de tomber. S'il avait voulu habiter dans un trou de bombe, c'était en partie pour devenir préposé à la distribution et pouvoir expédier sur la tête des vieillards des boîtes de conserve qui leur auraient fendu le crâne. Ah ! oui, il aurait bien Visé ! Paf ! en plein dans le mille. Un haricots-tomate sur la tête du barbon, et pépère serait parti à la renverse, cul par-dessus tête. À son tour de cuire sur les braises !

Suzie riait et battait nerveusement des mains. En l'observant à travers ses paupières mi-closes, David vit qu'elle avait deux taches rouges sur les pommettes.

Enfin, les mioches réclamèrent à Fucker de leur mimer la danse des explosions, et le garçon ne se fit pas prier. Pendant que les marmots scandaient des boum-boum de plus en plus tonitruants, il gesticula comme s'il voulait se décrocher les membres le plus vite possible. David jugea tout d'abord l'exhibition grotesque, puis cette danse étrange qui paraissait exécutée par un cadavre désarticulé qu'un géant aurait agité au bout d'une ficelle, lui fit peur. Les yeux révulsés du garçon étaient horribles, et sa bouche béante, happant l'air, et ses mains aux ongles crochés dans le vide qui semblaient vouloir déchirer l'air ou griffer des fantômes...

Suzie, Antonin et les gosses étaient hypnotisés. On eût dit qu'ils respiraient par la bouche du danseur. Bien qu'immobiles ils transpiraient comme lui, et leurs boum-boum, faisaient gonfler des veines sur leurs tempes.

Enfin Fucker retomba, luisant de sueur, haletant comme s'il allait mourir d'une seconde à l'autre.

« C'était impressionnant, murmura Suzie. Tu avais l'air d'y prendre beaucoup de plaisir. Il faudra que tu m'apprennes. »

Plus tard, quand il eut repris sa respiration, Fucker parla des mouettes. Car, entre autres choses, il savait tout sur les mouettes.

« Les mouettes vous radiographient les boyaux pour deux raisons, énonça-t-il doctement. D'une part pour savoir si les garçons sont devenus assez forts pour se changer en soldats, d'autre part pour déterminer si les filles sont aptes à se faire engrosser... et donc à donner naissance à de nouveaux moutards qui deviendront à leur tour de nouveaux soldats. Dans les deux cas, la sanction est la mort, car les détecteurs ont été programmés pour empêcher le renouvellement de la population chez l'ennemi. Pour les filles, le passage de l'état de gamine à celui de femme est facile à déceler. Pour les gars c'est plus compliqué. Il ne s'agit pas uniquement de pouvoir dresser sa quéquette à l'horizontale. D'autres paramètres sont pris en compte : notamment la force physique, la capacité à porter une arme, à assimiler le mode d'emploi d'un bazooka... Si l'on est précoce dans ces domaines, on est aussitôt menacé d'extermination. Un crétin ou un infirme aura plus de chances qu'un type normal de passer au travers du filet. Certains ont essayé de se mutiler pour être classés inaptes au service armé, mais ça ne marche pas obligatoirement. Les mouettes ne sont pas toujours capables d'analyses aussi fines. Beaucoup d'entre elles sont vieilles, déglinguées... »

« On sait tout ça, faillit lâcher David. Abrège un peu. »

Mais Fucker était si manifestement à l'aise dans son rôle de conférencier que rien n'aurait pu l'interrompre.

« Vous savez que si on veut se reproduire on ne peut le faire qu'à l'intérieur des trous de bombe, à cause du halo protecteur, reprit-il. C'est pour ça que lorsqu'un gars est torturé par l'envie de tirer sa crampe il devient généralement un enterré. C'est là, dans l'enclave des impacts qu'on fabrique les gosses. Ailleurs, sur la plaine, pas un adulte en âge de procréer – comme on dit dans les livres – ne pourrait survivre. »

David haussa les épaules. Il savait depuis longtemps que les cratères étaient le repère des obsédés sexuels, des hommes et des femmes qui ne pensaient qu'à faire le truc pour oublier la peur qui leur rongeait le ventre. Généralement ils se cachaient dans la zone d'ombre, pour ne pas qu'on les observe, mais on les entendait gémir et pousser des cris bizarres. Les gosses qui naissaient de ces unions étaient le plus souvent livrés à eux-mêmes. Comme rien ne les empêchait de sortir du cratère, ils finissaient par se joindre à un clan de passage, et l'accompagnaient dans sa déambulation. C'était de cette manière que le clan de David s'était formé, par additions successives de mioches désireux de voir du pays et fatigués des contraintes de l'impact.

« Les mouettes, fait lentement Fucker, y'a un moyen de les berner. Je sais comment on peut faire pour devenir invisible aux yeux des radars. Avec mon truc, un menacé peut se promener sur la plaine sans aucun risque.

– C'est même pas vrai ! » ne put s'empêcher de siffler David. Tout de suite après, il s'en voulut d'avoir proféré cette exclamation typiquement enfantine. En face de Fucker, il aurait voulu être plus âgé. C'était la première fois qu'un tel désir lui venait.

« J'raconte pas de conneries, insista le blondin. Venez voir. »

Et il se leva pour prendre la direction d'un tas de cailloux vitrifiés qui s'entassaient à une dizaine de mètres de l'ouverture du trou. Ayant vérifié que personne ne l'observait, il fouilla entre les pierres. Au bout d'un moment, il sortit la main de dessous l'amoncellement de caillasse. Trois petits morceaux de fer déchiquetés, bleuis, occupaient le centre de sa paume.

« Tu sais ce que c'est ? siffla-t-il à l'adresse de David. C'est des shrapnells... Des morceaux de la bombe, celle qui a creusé le trou. Je les ai récupérés dans la zone d'ombre, à la limite du territoire de cuisson. C'est même en les cherchant que j'ai découvert la cuisine des vieux. »

Des morceaux de la bombe... Les mioches se haussèrent sur la pointe des pieds pour contempler les reliques.

« C'est dangereux de les toucher, hasarda Suzie en grimaçant. Ils sont sûrement imprégnés de radiations nocives.

– J'aime comme tu causes, ma belle, se moqua Fucker. « Des radiations nocives ». Ouais, t'as raison. N'empêche que si on s'attache un de ces petits morceaux de ferraille autour du cou, on brouille le faisceau radar des mouettes. Les radiations vous enveloppent d'un halo qui vous rend invisible aux yeux des détecteurs. Les mouettes peuvent vous siffler aux oreilles, elles ne vous voient pas. »

Suzie revint à la charge. Elle maintenait, sa frimousse butée, que les éclats de la bombe auraient une action néfaste sur l'organisme de celui qui les porterait trop longtemps. Fucker parut une seconde sur le point de la rabrouer vertement, puis il rompit d'un pas et avoua en baissant les yeux : « C'est vrai qu'il ne faut pas les porter pendant une éternité. À la fin la peau se décolore, là où repose le morceau de fer elle devient fine comme du papier, et en dessous il paraît que les poumons s'émiettent... Mais il n'y a pas de danger si on les utilise seulement quelques jours. Trois ou quatre. C'est un sacré bouclier contre les mouettes. »

On regardait les shrapnells bleutés dans la paume du garçon. Les bouts de fer n'avaient pas de forme précise, comme si un géant aux mâchoires surpuissantes s'était amusé à les mâchonner. Certains d'entre eux étaient déjà munis d'une ficelle qui permettait de les porter en sautoir. « Et ils brillent dans l'obscurité, ajouta Fucker. Une lumière bleue, très jolie. » On eût dit un colporteur s'appliquant à vendre des colifichets. Sa voix essayait de se faire douce, convaincante. Les mioches étaient surtout impressionnés par la performance que représentait la récupération des éclats. Il avait fallu s'enfoncer dans la zone obscure, côtoyer les vieux, s'approcher de la paroi brûlante où l'on rôtissait les marmots endormis. Vrai, il fallait du courage pour entreprendre ce genre d'expédition...

Fucker replaça les shrapnells dans leur cachette. Il ne fallait pas que les enterrés s'aperçoivent qu'on leur avait dérobé quelques miettes de la bombe, ils en auraient fait toute une histoire.

« Ça peut servir, insista le garçon en fixant Suzie. Tu pourrais les utiliser, toi, par exemple, si on était forcé de quitter le cratère en quatrième vitesse. Ça t'accorderait toujours un répit de quelques jours en attendant... de trouver autre chose. »

Il avait insisté sur la fin de la phrase comme s'il essayait de faire passer à la jeune fille un message qu'elle seule était à même de saisir. David comprit qu'il tentait d'établir une sorte de connivence entre Suzie et lui. C'était un peu comme s'il lui avait déclaré tout de go : « Tu es une menacée, toi aussi. Tu piges ce que je veux dire parce que nous partageons la même sentence. Les autres, ce sont des mioches. »

Comme la nuit tombait, on réintégra l'impact et l'on s'installa pour la distribution de conserves. Fucker, rompu à cet exercice, en récupéra plus que David et Antonin réunis, et ne fit aucune difficulté pour partager ses prises avec les gosses qui, malhabiles, avaient laissé échapper la plus grande partie des boîtes passant à leur portée.

David mangea sans appétit, tourmenté par des choses diffuses qu'il ne parvenait pas à se formuler clairement. Il avait l'impression désagréable que Fucker essayait de s'immiscer dans le clan... et peut-être même d'en prendre le commandement. Qu'est-ce qu'il comptait faire ? Se promener main dans la main avec Suzie à travers la plaine, un éclat de bombe autour du cou pour déjouer la vigilance des mouettes ? Allaient-ils tous les deux devenir transparents ? Leur peau se décolorerait-elle jusqu'à laisser apparaître le dessin de leurs côtes et la masse spongieuse de leurs poumons ? David avait déjà vu des gens présentant cette affection, c'était gerbant au possible, cette espèce de fenêtre découpée dans la poitrine, et à travers laquelle on pouvait suivre tout le travail des boyaux entassés à l'intérieur du corps ! Il n'aurait pas aimé que cela arrive à Suzie. Non.

Ce soir-là, il eut du mal à trouver le sommeil. Derrière lui, il entendait Suzie et Fucker bavarder. Elle lui parlait encore une fois de la souris de Waterloo, cette théorie fumeuse à laquelle David n'avait jamais rien compris. Pour ne pas réveiller les mioches, ils parlaient l'un contre l'autre, leurs visages se touchant presque, mêlant leurs souffles.

David reporta son attention sur le fond du cratère, cherchant à distinguer le brasillement des braises dans l'obscurité. Était-ce vrai qu'on dévorait les enfants, là-bas, aux niveaux inférieurs ? À présent le doute était en lui, et il lui semblait presque entendre grésiller la viande des gosses endormis. Il haussa les épaules, non, tout cela ne tenait pas debout, c'était un conte absurde inventé par Fucker, une histoire de croquemitaine bonne à effrayer les marmots.

Dans les jours qui suivirent, les choses se passèrent

mal. D'abord, Suzie, honteuse, vit son premier sang, puis, comme si ce malheur ne suffisait pas, le clan rata deux parachutages. Une forte bourrasque s'étant soudain levée, les cylindres de vivres dérivèrent en direction des montagnes et disparurent vite derrière les sommets. À la fin de la semaine, David se fit déposséder du conteneur par une tribu plus rapide que la sienne, et lorsqu'il atteignit l'aire de largage, ce fut pour découvrir un parachute aux suspentes tranchées, et que le vent gonflait d'air comme un gros fantôme grotesque. Il fallut s'en retourner au cratère la tête basse.

La faim torturait les enfants qui se mirent à pleurnicher. C'est alors que les enterrés commencèrent à distribuer du chewing-gum.

Fucker chercha le regard de David et lui adressa un clin d'œil appuyé qui signifiait : « Qu'est-ce que je t'avais dit ? »

Cette fois on ne pouvait plus s'attarder. David décida de lever le camp au beau milieu de la nuit. Contrairement à ce qu'il avait craint, les gosses ne se firent pas prier pour se mettre en marche, mais il remarqua qu'ils avaient tendance à se regrouper autour de Fucker.

Oui, c'est une chose qu'il remarqua, comme ça, en passant.

À l'aube, on était sorti du territoire vitrifié. La plaine n'avait pas changé. Elle était là, immuable, avec ses traces de chars... et ses mouettes en maraude.

CHAPITRE VII

Fucker avait fini par convaincre Suzie de nouer autour de son cou l'un des colliers de shrapnell qu'il avait emporté en quittant l'impact. Lui-même portait en sautoir un morceau de fer mâchouillé aux reflets bleus. Il ne cessait de répéter avec un contentement extrême « qu'avec ça, il était invisible ».

« Invisible, peut-être pas, ricana David, mais transparent avant peu, sûrement !

– C'est juste une solution d'attente, grogna le blondin. Le temps qu'on décide d'une autre stratégie. Suzie a des idées pas bête là-dessus... »

David s'éloigna avant qu'on ne recommence à lui parler de la souris de Waterloo. C'était dans l'air, il le sentait. Suzie avait fini par trouver une oreille complaisante. D'ici peu, on allait se retrouver en train de courir au cul des chars pour leur sauter en croupe. C'était une idée de fou. Comment feraient les petits pour se hisser au sommet d'une telle montagne d'acier ? À tous les coups, ils basculeraient sous les chenilles et finiraient en purée sanglante. Suzie croyait-elle que le Rinocérox de ses rêves allait complaisamment s'arrêter pour lui donner le temps de monter à bord ? D'un autre côté si on attendait trop longtemps, les radiations du talisman que le blondin lui avait noué autour du cou ne tarderaient pas à creuser un trou entre les seins naissants... Ce n'était pas une perspective réjouissante.

On commença à se déplacer dans le sillage des tanks, à la recherche d'une « bête » accueillante. Suzie parlait à nouveau des bisons et des Indiens. On suivait les traces profondément imprimées dans le sol, essayant d'identifier celles appartenant au Rinocérox. Peu à peu David s'était laissé dépasser par Fucker qui menait la troupe d'un bon pas. À présent il marchait en queue de la colonne, sans que personne ne s'inquiète de son absence au premier rang. Pas plus Suzie qu'Antonin.

C'est ainsi qu'il aperçut la base militaire, à travers le vent de poussière. Peut-être parce qu'il était également le seul à ne pas ausculter le sol et se fichait éperdument des empreintes de char.

L'image avait surgi comme un mirage, et l'espace d'un instant il crut qu'elle n'était pas réelle. Mais sa persistance et sa stabilité finirent par le convaincre qu'il ne rêvait pas. Les baraquements, avec leur tour et leurs miradors, dansaient dans la brume de chaleur, ondulant telles des flammes lointaines. C'était comme une trouée dans le grand poussier de la tempête, un couloir qui s'ouvrait vers un territoire improbable. Un couloir dont il fallait profiter avant qu'il se referme. David se figea, assailli par un intolérable sentiment d'urgence.

C'était une base aérienne à moitié détruite par un bombardement et dont une grande partie des bâtiments semblait avoir fondu sous une chaleur trop vive. À travers les bourrasques, on devinait le ruban de la longue piste bitumée où s'étaient jadis posés les chasseurs-bombardiers. Une piste d'envol encore intacte en dépit des pilonnages d'artillerie.

Comme le clan s'arrêtait pour la nuit, David proposa qu'on pousse jusqu'aux constructions où l'on trouverait un abri contre le sable, mais les mioches grognèrent. Ils avaient peur des bâtiments gris, ils ne voulaient pas faire un pas de plus. David émit l'idée qu'il pourrait aller là-bas en éclaireur. On haussa les épaules, lui signifiant qu'il pouvait bien faire ce qu'il voulait et Suzie ne chercha nullement à le retenir en lui criant qu'il allait se perdre, comme elle l'aurait fait jadis.

Vexé du peu d'intérêt qu'on portait à sa trouvaille, il se mit aussitôt en marche. Il découvrit avec une certaine surprise qu'il était assez heureux de se retrouver seul, débarrassé du clan. Il marchait aussi vite que possible vers les grandes constructions érodées par le vent. Les cubes de béton avaient été à demi avalés par les dunes et d'ici quelques années il ne subsisterait plus rien de la base aérienne.

Sur la piste trois avions de chasse attendaient de décoller, longs fuseaux que les bourrasques ne cessaient d'étriller, et dont le fuselage luisait comme si on venait de l'astiquer. C'était beau ces appareils étincelants, perpétuellement brossés par le sable, et dont les peintures d'identification commençaient à s'estomper sous les caresses rugueuses du désert. David s'en approcha avec respect. À l'intérieur de la bulle du cockpit, on distinguait la silhouette du pilote, affaissé au fond de son siège éjectable. Mais c'était un crâne de squelette que coiffait le gros casque à visière verte. Le crâne d'un cadavre que seules les sangles maintenaient en place. Tous les avions étaient pareillement occupés par des morts attendant un ordre de décollage immédiat. David battit en retraite, car les rafales lui cinglaient méchamment les joues. Courant presque, il trouva refuge à l'intérieur des bâtiments. Là aussi il y avait des squelettes. Pas entassés en vrac sur le sol, dans un fouillis d'ossements mêlés aux vêtements, non, mais debout sur leurs jambes, vêtus d'uniformes jaunis et figés dans des poses pleines de... vie, comme s'ils venaient de s'interrompre au beau milieu d'un geste, surpris par l'arrivée de David. C'était comme si l'un d'eux avait crié une seconde auparavant : « 22, v'la un gosse ! Bougez plus ! » David s'arrêta sur le seuil, les considérant d'un œil prudent. Voilà tout à coup qu'il se sentait importun.

À la cafétéria, deux squelettes jouaient aux cartes devant une pile de jetons. Ils se tenaient immobiles, leurs orbites vides fixées sur l'éventail des cartes serrées dans leurs phalanges blanchies. Ils avaient l'air de réfléchir. En s'approchant davantage, David songea qu'ils avaient tous été probablement foudroyés par une attaque chimique. Leurs corps tétanisés étaient immédiatement devenus aussi durs que celui d'une statue, les articulations s'étaient soudées les unes aux autres, transformant l'armature osseuse si complexe en un bloc d'un seul tenant. Puis la chair déshydratée s'était effritée, s'envolant dans les courants d'air, coulant dans les plis des vêtements telle une cendre impalpable. Ne restaient plus que les os qui s'émietteraient eux-mêmes un jour. Alors, les uniformes effilochés tomberaient mollement sur les sièges, avec leurs insignes et leurs décorations, entassement de défroques inutiles.

Il trouva sans peine d'autres statues d'os. Dans un bureau, le squelette d'un sergent buvait pour l'éternité une tasse de café. Le liquide s'était évaporé et une petite araignée rouge avait tissé une toile épaisse au fond du quart de porcelaine.

Dans un hangar, un pilote en tenue de vol se tenait

raide contre une jeep. Ses mains étaient serrées sur une enveloppe d'où il avait tiré une lettre et une photo. David se haussa sur la pointe des pieds pour tenter de voir ce que lisait le mort, mais l'encre de la missive avait pâli au point de rendre les phrases indiscernables, quant à la photo, elle s'était effacée, se réduisant à un morceau de carton taché de formes vagues sur lesquelles flottait encore la double tache noire de deux yeux féminins...

David constata que la présence des cadavres n'éveillait aucune peur en lui, juste une tristesse lointaine, étouffée. Il allait et venait, prenant garde de ne pas les toucher, non parce qu'ils lui inspiraient du dégoût, mais parce qu'il craignait en les effleurant maladroitement de les faire tomber en poussière et d'abréger ainsi ce semblant d'existence qui leur permettait de durer encore un peu.

Il trouva des squelettes « nus » dans la salle des douches, les phalanges crispées sur des savons fendillés par le dessèchement. Des squelettes penchés sur des miroirs, et occupés à racler leurs joues d'os avec des rasoirs à la lame rougie d'oxydation.

Il n'eut peur qu'une fois : lorsqu'un petit robot d'entretien mécanique fit irruption dans un hangar et s'en alla inspecter le fuselage d'un jet. Ce n'est qu'alors qu'il prit conscience que la plupart des automates et des machines fonctionnaient encore. Aucune des pendules n'était arrêtée, les hauts-parleurs grésillaient toujours, les rampes d'éclairage déversaient à profusion une lumière blanche qui faisait luire les os des morts. Ici comme ailleurs, les ordinateurs et les unités cybernétiques avaient survécu aux derniers soldats. Ils continuaient le combat sans réfléchir, réparant, colmatant, renouvelant les munitions et les charges explosives des avions.

À l'instant même où David formulait cette pensée, un grondement en provenance de la piste lui arracha un sursaut. Courant à la fenêtre, il eut juste le temps d'apercevoir les jets qu'il avait admirés en traversant la chaussée de béton, qui prenaient leur envol dans un grand fracas de tuyères. Les chasseurs filèrent vers le bout du tarmac et quittèrent le sol sans une hésitation, obéissant aux programmes de surveillance, de recherche et de destruction inscrits dans leurs circuits. Ils s'envolaient, emmenant à travers les nuages leurs pilotes morts depuis des années, squelettes sanglés dans une combinaison désormais trop grande pour eux. David leva instinctivement la main pour leur dire au revoir. C'était bête, mais il n'avait pu s'en empêcher. Il lui plaisait de savoir que les morts ne restaient pas là, tout au long de l'année, à s'ennuyer dans le cercueil de leurs avions. Ainsi, ils partaient en mission, comme par le passé. Ce n'était plus eux qui pilotaient, mais c'était tout de même une belle promenade au milieu des nuages. Une promenade propre à réjouir l'esprit d'un défunt.

L'adolescent s'assit sur une chaise de fer rouillée, observant longuement le manège des automates. Ils vissaient, boulonnaient, changeaient les pièces usées, tout cela dans un ronronnement huileux plein de bonne santé. Tant que le sable ne s'introduirait pas à l'intérieur des hangars il en irait ainsi, et les soldats ankylosés par la mort jouiraient d'une sépulture tranquille.

Les chasseurs-bombardiers partis, David se promena dans les bureaux du quartier général. Il but un gobelet d'eau fraîche à un distributeur. Il faisait bon dans les couloirs. Détectant la chute de la température extérieure, l'ordinateur domotique avait élevé le chauffage à l'intérieur des bâtiments. David songea qu'il aurait dormi confortablement sur ce sol recouvert de cette herbe étrange poussant dans les maisons, et que Suzie baptisait « moquette ».

Si seulement les autres l'avaient suivi... Mais il ne

fallait pas se faire d'illusions. Aucun membre du clan n'aurait accepté de s'abriter ici, les installations militaires étaient tabou. On disait qu'y pénétrer c'était se condamner à être rapidement foudroyé par les systèmes de surveillance, et c'était sûrement vrai, mais ici aucun robot-gardien n'avait jusqu'alors pris David en chasse. Sans doute avaient-ils été détruits par le pilonnage aérien... ou bien se trouvaient-il en ce moment même emprisonnés dans l'épaisseur de l'une de ces dunes qui mangeaient la base.

David continua sa visite. Curieusement toute fatigue s'était envolée et il ne souffrait en aucune façon de sa journée de marche à travers le désert. Il avait un peu honte de s'avouer qu'il se sentait bien au milieu des morts, presque... en sécurité ?

C'est par le plus grand des hasards qu'il déboucha dans le réfectoire. Les tiges éblouissantes suspendues au plafond (des néons ?) l'illuminaient comme en plein jour, et cela, en dépit de la nuit qui s'amoncelait de l'autre côté des grandes vitres. C'était d'un effet singulier, et David était surpris qu'on puisse fabriquer autant de lumière au cœur d'une telle obscurité. Se remémorant les leçons serinées par Suzie, il se répétait que tout cela était normal et il essayait même d'identifier les mille objets curieux l'entourant. La cantine était remplie de squelettes au coude à coude, et qui s'étaient immobilisés une fois pour toutes alors qu'ils portaient leur fourchette ou leur verre à la bouche. Devant chacun d'eux reposait un plat de fer alvéolé plein de poussière grise inidentifiable. Certains s'étaient figés, le plateau dans les mains, alors qu'ils s'apprêtaient à s'asseoir, d'autres alors qu'ils s'essuyaient la bouche avec une serviette en papier.

David renifla... L'odeur de nourriture qui flottait dans la salle n'avait rien de repoussant. Cela sentait même foutrement bon. L'adolescent remonta la file d'attente des squelettes qui se pressaient devant les cuisines. Il découvrit un comptoir de métal derrière lequel trônaient des bassines pleines de nourriture chaude qu'un automate, dont les bras se terminaient par des louches, attendait patiemment de distribuer. Cédant à une brusque impulsion, David saisit un plateau sur une pile et, doublant les soldats immobiles, se présenta devant le robot. L'œil rouge de la machine clignota, un moteur s'enclencha, et les mains-louches entreprirent de remplir les alvéoles du plat compartimenté que David levait à bout de bras. C'était de la bonne nourriture, chaude, comme jamais David n'en avait mangée. Sans doute l'ordinateur qui réglait la vie de la base la changeait-il tous les jours, incapable de réaliser qu'il n'y avait désormais plus personne à nourrir dans l'enceinte du camp ?

David chercha une place et s'installa entre deux squelettes. Il n'avait pas du tout peur. C'étaient des morts propres, qui ne sentaient pas mauvais. Des statues, presque. Et puis un squelette c'était intéressant : tous ces petits os minutieusement emboîtés comme un grand jeu de construction ou un puzzle.... Beaucoup avaient des dents en or ou en métal inoxydable. Deux ou trois offraient au regard des plaques d'acier vissées dans l'épaisseur du crâne. David les observait en mangeant. Il était tout petit au milieu d'eux. C'était la première fois qu'il se découvrait si petit. Par gourmandise il alla remplir son plateau une seconde fois, l'automate ne fit aucune difficulté pour le satisfaire. Les marmites étaient pleines. Qu'allait-on faire de toute cette bonne nourriture ? La jeter sûrement... Des robots allaient venir, qui l'emporteraient pour la déverser dans une fosse à détritus. Quelle misère !

Quand il eut fini, il avait tellement mangé qu'il fut

pris de colique. N'osant se soulager au milieu des squelettes, il chercha cette pièce spéciale dont avait parlé Suzie, et où les hommes se cachaient pour se vider le ventre. Il la découvrit au bout de quelques minutes, mais l'aspect des sièges troués et remplis d'eau l'effraya. Il eut peur tout à coup de tomber au fond de ce récipient bizarre qui semblait le repère de quelque bête aquatique : congre ou anguille ; aussi préféra-t-il crotter à même le carrelage, dans un angle de la pièce.

Il sortit, ne sachant plus que faire. Les jets qui rentraient de patrouille firent trembler les vitres du réfectoire. Il les regarda rouler au long de la piste, du feu jaillissant de leurs tuyères.

David se gratta la tête. Une drôle d'idée était en train de naître en lui. Une idée incongrue qui l'effrayait et qu'il repoussa de toutes ses forces.

Allons, il n'allait tout de même pas rester là ???

D'un seul coup, il avait peur ; pas des squelettes, pas des robots, non... mais de lui, de lui-même !

Il sut qu'il devait partir au plus vite, s'enfuir avant de céder à l'enchantement qui lui commandait de rester ici et d'abandonner le clan à son sort. Oui, il fallait qu'il parte, qu'il parte vite...

« Crétin, lui souffla une insidieuse petite voix alors qu'il se mettait à courir. Tu vas laisser passer ta chance. Si tu pars, tu seras incapable de revenir un jour ici. Jamais plus tu ne retrouveras le chemin de la base. JAMAIS. »

Il se boucha les oreilles pour ne pas céder à la tentation. Bientôt il fut dehors, dans le vent de sable qui lui égratignait la figure. Il marcha sans se retourner, ne réalisant même pas qu'il pleurait et que la poussière de la plaine collait à ses joues humides, les recouvrant d'une croûte jaunâtre.

Il ne s'arrêta que lorsqu'il trébucha sur un corps roulé en boule. C'était Antonin. L'échalas l'injuria machinalement en se retournant d'un flanc sur l'autre. David se laissa tomber sur le sol et se recroquevilla en sanglotant.

Le lendemain matin le vent de sable bouchait l'horizon. Malgré tous ses efforts, David fut incapable d'apercevoir les contours de la base. C'était comme si elle n'avait jamais existé.

« Maintenant fini de rigoler, annonça Fucker en se cognant la poitrine de ses deux poings serrés. Va falloir qu'on se décide à le capturer ce foutu Rinocérox ! »

DEUXIÈME PARTIE

Rinocérox

CHAPITRE VIII

La capture du Rinocérox marqua un tournant radical dans la vie du clan, et, une fois la chose accomplie, chacun sut que rien ne serait plus jamais comme avant.

D'abord, on marcha longtemps sur la plaine crevassée, jusqu'à ce qu'on rejoigne enfin une horde de chars qui roulaient tous dans la même direction. Les plus endommagés allaient en queue de troupeau, avec leurs blindages brinquebalants et leurs tourelles carbonisées. Ceux qui n'avaient pas souffert des affrontements menaient la meute à coups d'accélérations rageuses. Ces monstres effroyablement lourds levaient dans leur sillage un nuage de poussière jaune qui montait jusqu'au ciel. C'est dans ce brouillard de pierres moulues et de graviers ricochant à l'infini que pénétra le clan. Les enfants s'étaient masqué le bas du visage avec un chiffon, et ils éprouvaient le plus grand mal à respirer au sein de cette tourmente où se mêlaient terre remuée et gaz d'échappement.

Mais il n'existait pas d'autre solution : si l'on voulait sauter sur la croupe du Rinocérox, il fallait s'en approcher au plus près.

On dut donc courir entre les monstrueuses machines

pour se maintenir à leur hauteur et les inspecter. La visibilité n'excédait pas quatre mètres, et les tanks se réduisaient le plus souvent à de grandes masses sombres dérivant dans une brume jaune qui ne permettait guère d'apprécier les distances.

Ce fut une expérience terrible, et les petits eurent le plus grand mal à tenir la cadence imposée par Fucker qui galopait en tête de la colonne sur ses longues jambes maigres.

David lui-même courait le dos courbé, essayant de se protéger des ricochets des graviers qui, chaque fois qu'ils vous touchaient, inscrivaient une écorchure supplémentaire sur votre peau. La poussière trop dense lui brûlait les poumons et les gaz d'échappement le faisaient suffoquer. Plus que tout, le bruit le rendait fou. C'était un tumulte de moteurs et de pierres écrasées, de crissements de freins et de blindages entrechoqués. La tête pleine de vacarme, les yeux noyés de larmes, on finissait par courir à l'aveuglette et se jeter sous les chenilles d'un char sans même s'en rendre compte.

Les mioches qui se déplaçaient à la hauteur des tuyaux d'échappement suffoquèrent les premiers, intoxiqués par les émanations de carburant brûlé. D'abord excités par la chasse, ils avaient vite cédé à la peur. Certains s'étaient assis au beau milieu du désert, refusant d'aller plus loin, et étaient demeurés là, la figure inondée de pleurs, attendant qu'on vienne les relever. Suzie s'était trouvée débordée. Un gamin sous chaque bras, elle courait, se laissant distancer par les machines. Fucker avait piqué une colère et crié que les retardataires seraient abandonnés à leur sort. Malgré tous les efforts déployés, le clan ne put s'approcher du Rinocérox, et c'est à bout de force, effondrés dans le sable, qu'on regarda s'éloigner le troupeau d'acier.

Alors commença une longue traque. On prit des

raccourcis pour couper la route empruntée par les chars, et l'on galopait au plus près, jouant à les frôler. Bientôt ce fut à celui qui taperait du poing sur leur tôle. Mais David voyait mal comment l'on pourrait se hisser à bord de la machine si celle-ci ne s'arrêtait jamais, car les mastodontes roulaient à vive allure.

« Tu te trompes, lui dit Fucker. De temps à autre, les tanks s'arrêtent, notamment lorsqu'ils ont localisé une cible et qu'ils se préparent à ouvrir le feu. Si un engagement se produisait, nous pourrions monter à bord en toute tranquillité. Il faut avoir de la patience et de l'endurance. Le Rinocérox va fatalement tomber sur un ennemi, un jour ou l'autre, ce sera alors à nous de jouer. Si cela n'arrive pas, nous essaierons de prendre le canon au lasso et de nous hisser sur le capot à la force des bras, mais ce sera difficile, surtout pour les marmots. »

On continua donc à se déplacer dans les traces des machines de guerre, mangeant leur poussière et respirant leurs pets empoisonnés. C'était une existence difficile, car chaque fois qu'on s'arrêtait pour dormir, il fallait prendre des raccourcis à marche forcée pour couper à nouveau la route du troupeau et rattraper le retard accumulé. Par bonheur, les chars faisaient parfois machine arrière, ou décrivaient une courbe qui les ramenait à leur point de départ, vous simplifiant ainsi la besogne.

Par la suite, David conserva l'impression que la course avait duré des mois alors qu'en réalité elle n'excéda pas une semaine.

Lentement, insensiblement, Fucker avait pris le commandement du clan et personne ne songeait à lui contester ce pouvoir. À la différence de ce qu'avaient fait jadis David, Suzie et Antonin, il prenait des décisions sans jamais consulter les autres et leur imposait sa volonté sans se soucier de savoir s'ils étaient d'accord ou non. David remarqua que les mioches obéissaient mieux depuis que le blondin menait la troupe, peut-être parce qu'ils avaient peur de lui et savaient qu'il n'hésiterait pas une seconde à les abandonner à leur sort s'ils lambinaient ?

Le quatrième jour il y eut un accident. Un petit qui galopait en zigzag fut happé par un char qui réduisit son corps à une tache rouge poisseuse imprimée sur le sable du désert. On était si fatigué qu'on ne songea même pas à s'en désoler. Suzie elle-même s'abattait comme une masse dès que Fucker donnait le signal de la halte. Le lendemain, un gosse, qui essayait de taper du poing sur le blindage de l'un des tanks, se coinça la main dans les chenillettes. Les plaques d'acier articulées lui arrachèrent le bras, déchirant les chairs avec autant de facilité qu'un vieux tissu usé. Il mourut d'une hémorragie sans qu'on puisse rien faire pour le sauver.

Le sol étant trop dur on ne put l'enterrer, d'ailleurs personne n'avait envie de s'épuiser un peu plus à creuser pour un mort. David se demandait si le clan n'allait pas s'effilocher ainsi un peu plus chaque jour, mais Fucker était talonné par le temps. Il avait peur des mouettes renifleuses et savait que le talisman tressautant sur sa poitrine lui creuserait un trou dans les poumons avant qu'il soit longtemps. Il devait enfourcher le Rinocérox au plus vite s'il ne voulait pas devenir transparent.

Ils avaient tous maigri et la poussière les recouvrait d'une croûte jaune qui se craquelait au niveau des coudes et des genoux. Ils avaient faim et soif, et les rations qu'ils avaient prélevées sur le dernier parachutage s'épuisaient rapidement. Bientôt il faudrait renoncer à la traque et se mettre en quête d'un lieu de largage.

En songeant à cela, David réalisa soudain qu'il ne s'était jamais préoccupé de savoir comment l'on se nourrirait une fois installé sur le dos du monstre, mais après tout il n'était qu'un enfant, et les enfants ne peuvent pas penser à tout, ça leur userait le cerveau trop vite et ils deviendraient des adultes avant l'heure.

« Ce ne sera pas compliqué, lui avait dévoilé Fucker. Sur le capot arrière y'a une trappe qui donne accès à la soute aux vivres. Faut juste la forcer, c'est tout. Mais une fois qu'on a réussi à la soulever y'a plus à s'inquiéter de rien, c'est plein de bouffe, les rations de l'équipage, et même du vin et de l'alcool... Et des journaux de cul, aussi. »

Fucker avait réponse à tout, c'était pour cela que le clan lui obéissait, parce qu'il était plus malin qu'eux tous réunis. Il y avait déjà en lui cette âpreté, cette dureté, qui étaient d'ordinaire l'apanage des adultes. « Avec moi vous marcherez à la baguette, déclarait-il souvent, mais je vous sauverai la peau. » Dans son esprit ceci valait cela.

À la fin de la semaine, six hélicoptères surgirent à l'horizon et s'abattirent sur les chars qu'ils criblèrent du feu nourri de leurs mitrailleuses. Les balles miaulaient dans l'air et s'écrasaient sur les blindages en allumant de grosses étincelles. Un mioche fut fauché par l'un de ces ricochets et tomba mort sur le dos, sans un cri. Une tache rouge au milieu de la poitrine. Cette fois le Rinocérox freina pour répliquer. Fucker s'élança, le clan sur les talons. C'était maintenant ou jamais. Tous savaient ce qu'ils devaient faire : se précipiter en bon ordre vers l'échelle de métal soudée à l'arrière de la machine et en escalader les degrés le plus rapidement possible. Il fallait que tout le monde soit monté avant que le tank ne se remette en marche.

David crut qu'ils n'y arriveraient jamais. Les petits, horriblement lents, mettaient une éternité à grimper les échelons. Très rapidement ils avaient commencé à se bousculer et à se battre, chacun voulant passer devant ses camarades. La pagaille s'était installée, bloquant la manœuvre. David et Suzie avaient dû les séparer en distribuant des gifles. Ils étaient si nerveux qu'ils frappaient sans retenir leurs coups. Les mioches rentrèrent bientôt dans le rang, saignant du nez et des lèvres. Le bruit des hélicoptères était insupportable. Ils tournaient autour du peloton de chars, tirant sans cesse, et l'air était saturé par les ricochets des projectiles. L'énorme tourelle du Rinocérox pivotait en grondant tandis que son canon crachait le feu. David haletait, à demi asphyxié par l'odeur de poudre brûlée et les gaz des déflagrations. Les explosions trop proches l'avaient rendu sourd et il voyait à présent remuer les bouches de ses compagnons sans rien entendre des cris qu'ils poussaient. Suzie grimpa enfin, puis Antonin. Dans le brouillard et la fumée, on ne pouvait voir si l'on avait oublié quelqu'un... David hésita, puis empoigna les barreaux des échelons à son tour. C'était comme d'escalader un mur et il crut une seconde qu'il n'aurait pas assez de force dans les bras pour aller jusqu'au bout. L'acier du blindage derrière lequel vrombissaient les moteurs était brûlant et il devait prendre garde à ne pas le toucher. Suzie et Antonin l'aidèrent à prendre pied sur le capot. Un hélicoptère explosa au même moment et des fragments de pale tordue rebondirent sur la tourelle. Suzie hurla. Pris de panique, l'un des gosses sauta dans le vide sans réfléchir et s'écrasa sur le sol craquelé, dix mètres plus bas.

Pendant un moment tout le monde se crut mort, puis les hélicoptères s'éloignèrent, fort endommagés par l'accrochage. Avec une grande secousse, le char se remit en marche. David se cramponna aux boulons pour ne pas tomber. Les vibrations du moteur roulaient sous son ventre comme un rugissement interminable.

« Alors ! triompha tout à coup Fucker, j'vous avais bien dit que ce serait pas si terrible ! »

Oui, c'est ainsi qu'ils se hissèrent sur le dos du Rinocérox, et David y repensa souvent par la suite... dans ses cauchemars.

CHAPITRE IX

Dans les heures qui suivirent l'abordage le clan demeura prostré, la tête pleine des images de tumulte et de mort qui avaient présidé à la « capture » de la bête. Personne n'osait prononcer un mot et tous regrettaient déjà de s'être laissés aller à une telle folie. C'était la première fois qu'une tribu osait pareil blasphème : sauter en croupe d'une machine de mort, la prendre à la crinière et la chevaucher contre son gré. Ne fallait-il pas d'ores et déjà se préparer à subir une épouvantable punition ?

Muets, recroquevillés les uns contre les autres, les enfants s'étaient regroupés autour de Suzie. Certains pleuraient, et les larmes traçaient des sillons noirs sur la poussière de leurs joues. « Veux descendre, gémissaient les plus petits. Pas bien là... Pas bien, ça bouge tout le temps. Descendre. Veux pas rester. »

Suzie s'appliquait à les calmer en les berçant, car leurs geignements agaçaient Fucker. Les yeux du blondin scintillaient de joie et d'excitation. Il ne cessait de cogner du poing sur le blindage du capot et de répéter : « On l'a eu ! On l'a dompté ! »

Mais David ne partageait pas son optimisme. Bien

qu'on eût effectivement réussi à prendre pied sur le dos de la machine, il retirait de tout ce qui avait précédé un cuisant sentiment d'échec. Les morts, les enfants morts, ne cessaient de s'effondrer devant ses yeux... Dès qu'il fermait les paupières, il voyait une silhouette rouge, imprimée dans la poussière. La silhouette rouge – incroyablement étirée – du gamin que le char avait laminé.

Le clan était si abattu que personne ne remarqua que le Rinocérox s'était séparé du troupeau et qu'il roulait maintenant seul au milieu de la plaine. Les moteurs, qui venaient de prendre leur allure de croisière, avaient cessé de rugir pour ronronner régulièrement. C'était une drôle d'impression de se retrouver ainsi transporté, d'avancer sans avoir à remuer les jambes. Cela paraissait magique et un peu effrayant. On restait assis sur son cul et le paysage défilait, sans jamais s'arrêter.

L'état d'esprit général serait resté maussade si un événement imprévu n'avait eu lieu alors que le soleil commençait à plonger à l'horizon, tirant le clan de sa torpeur.

En effet, alors que les mioches continuaient à gémir et à trembler, une mouette jaillit des nuages et décrivit un grand cercle autour du char. Elle volait vite et l'on entendait siffler l'air à la pointe de ses ailes tranchantes qui jetaient des scintillements dans la lueur du couchant. Son ombre en faucille se bosselait sur les ondulations de la plaine, s'étirant ou se ramassant selon sa position dans le ciel.

Fucker bondit aussitôt sur ses pieds, l'œil en alerte.

« C'est pour Suzie et moi, dit-il d'une voix blanche. Je m'y attendais. Je l'ai sentie sur nos talons depuis qu'on a quitté l'impact. C'est pour Suzie et moi qu'elle vient. Elle nous a flairés, mais elle n'arrive pas à nous localiser à cause du shrapnell. »

Il s'était dressé, luttant pour conserver son équilibre sur le capot du char. Il avait pâli et ses mains s'ouvraient et se refermaient spasmodiquement. « Vous allez voir ! fit-il en arrachant son collier de protection. Vous allez voir ! J'vais me payer sa fiole ! »

Les muscles de son dos tressautaient sous l'effet de la tension nerveuse. D'un grand geste du bras, il jeta le talisman au loin, hors du char, s'offrant aux détecteurs de la mouette dans toute sa vulnérabilité. À cet instant, malgré la haine qu'il éprouvait pour le blondin, David ne put refréner l'élan d'admiration qui lui gonflait la poitrine. La machine volante se mit aussitôt à décrire des cercles plus serrés. À présent elle avait localisé l'adolescent, sa silhouette s'inscrivait nettement dans son viseur, car aucun halo parasite ne la masquait plus. La mouette piqua vers sa cible, fendant l'air avec un chuintement insupportable. Les enfants poussèrent des cris de terreur et se replièrent à l'arrière en désordre, se piétinant les uns les autres, les plus grands marchant sur les plus petits. Certains, au comble de l'affolement, tentèrent même de sauter du char, et Suzie les rattrapa à la dernière seconde.

Fucker bondissait, les bras écartés, injuriant la mouette dont le point scintillant grossissait de seconde en seconde.

« Ici, salope ! vociférait-il, viens donc me flinguer la biroute si t'en es capable ! Amène-toi avec ton lance-flamme, ton crame-quéquette ! Viens, je t'attends ! »

David dut faire un effort pour ne pas sauter dans le vide lui aussi. Il était tout près de Fucker, et il pensa que c'était dans ses bras qu'allait tomber le cadavre carbonisé du blondin. À cette seule idée, il avait déjà envie de vomir.

Soudain, alors que la mouette se préparait à ouvrir le feu, un grondement métallique monta de la tourelle du char, le canon modifia son inclinaison à la hausse, et cracha un obus... La déflagration comprima horriblement les tympans des enfants tandis que l'odeur de cordite leur brûlait les narines. Avant qu'ils aient eu le temps de réaliser ce qui s'était passé, la mouette explosait en plein vol, s'émiettant en un essaim de débris chromés tournoyants.

« Boum ! hurla Fucker. Boum-boum ! Vous avez vu ? Le Rinocérox lui a réglé son compte ! Je vous l'avais dit ! Je vous l'avais bien dit ! Ah ! il lui a fourré un sacré suppositoire dans le cul ! »

Il exultait et s'agitait comme un dément en pleine crise, mimant une fois de plus la danse de fin du monde qui lui disloquait le corps et donnait l'impression qu'il allait tomber en morceaux d'une seconde à l'autre.

« Boum-boum ! scandèrent les enfants soudain rassurés. La mouette est crevée ! La mouette est crevée !

– Le Rinocérox nous protège ! exulta Fucker. Nous n'avons plus rien à craindre des détecteurs volants. Désormais vous pourrez grandir en paix ! Il n'y aura plus de Menacés, jamais ! »

S'approchant de Suzie, il saisit le collier qui pendait au cou de la jeune fille, et l'arracha d'un geste sec.

« Tu n'en as plus besoin » fit-il en jetant le talisman dans le sillage du char. Suzie fondit en larmes. Un peu de sang perlait à son cou, là où la lanière du collier lui avait entamé la peau en se rompant. Fucker se lécha le doigt pour frotter la petite plaie humide.

« Tu es libre, lui dit-il d'une voix étrangement douce. Maintenant tu peux devenir une femme, ta vie va continuer... »

La jeune fille voulut parler, mais aucun mot ne sortit de sa bouche. Elle finit par nouer ses bras autour du cou du garçon et cacha son visage au creux de son épaule. David songea qu'elle se donnait en spectacle et il eut honte pour elle. Pourquoi tant de démonstrations ?

« Alors, lança Fucker en se retournant vers le clan. Vous avez compris ? Nous sommes invincibles à présent. Rinocérox nous protège. Nous n'aurons plus jamais à redouter ce qui vient du ciel. Le char veillera sur nous quoi qu'il advienne... »

David aurait voulu qu'il lâche enfin Suzie qu'il maintenait toujours contre lui, serrée. Il ne comprenait pas que la jeune fille se laisse faire. Ce devait être dégoûtant, non, de se retrouver le nez collé sur cette peau trop blanche et constellée de taches de rousseur ? Lui, en tout cas, ça l'aurait sacrément dégoûté s'il avait été une fille...

Il était si contrarié qu'il ne prêta aucune attention aux explosions de joie bruyante des marmots. D'un seul coup, tout le monde se sentait heureux, rassuré. Les morts étaient oubliés, on ne pensait plus qu'à la mouette, fusillée, réduite en un millier d'esquilles de métal. Ah ! Il n'y avait pas à dire, ce Fucker Boumboum était joliment futé... Et quel cran ! Quand il avait arraché son collier et défié la mouette ! Ah ! Ouais, fallait avoir une sacrée paire de noix pour risquer un truc pareil...

***

Le dos du Rinocérox, c'était une plaine de boulons bossuée, jalonnée de coupoles mystérieuses, de fentes obturées. Une coulée de métal épaisse comme une chape de lave refroidie. Une caparace rocheuse qu'on imaginait inentamable et qui enveloppait une caverne pleine d'échos métalliques semblant monter du centre de la terre. À certains endroits le blindage était incurvé, biseauté, et Fucker avait expliqué cette disposition des tôles par la nécessité de provoquer le ricochet des projectiles ennemis.

Le dos du char était immense, tour à tour froid ou bouillant selon l'endroit où l'on se tenait.

« Là-dessous, y'a les moteurs, disait Fucker. Vaut mieux pas s'y attarder. Là, sous ces grilles, ce sont les ventilateurs, c'est pour ça qu'on reçoit ce vent brûlant dans la figure... »

Il essayait de banaliser le char, de montrer qu'il en connaissait tous les rouages, mais les petits ne l'écoutaient pas. Pour eux le Rinocérox était une bête vivante dont les intestins grouillaient et grondaient. Une bête qui pétait en répandant une fumée noire nauséabonde. À quatre pattes, ils tentaient de lorgner par tous les trous, toutes les ouvertures, s'écorchant les doigts sur les trappes de visite qui demeuraient obstinément fermées.

David lui-même, depuis qu'il s'était assis sur cette peau grise où les boulons faisaient comme des rangées régulières de pustules, ne pouvait repousser les images fantasmagoriques qui lui emplissaient la tête. Il s'imaginait sur le dos d'une tortue géante ou d'un crapaud... ou bien encore d'une bête préhistorique imbécile, au cerveau trop petit et au cuir trop épais pour se rendre compte que des gens avaient élu domicile sur son échine. D'un seul coup lui revenaient des bribes de contes, des histoires de princesse condamnée à demeurer une année entière sur le dos d'une tortue. Qui lui avait raconté cela ? La voix féminine qu'il entendait dans ses rêves ?

Le Rinocérox était une île, une île désertique et pelée, faite de plaques d'os imbriquées. Le squelette d'un monstre antédiluvien sur lequel la terre s'était accumulée. Une carcasse devenue continent parce que la boue et le sable avaient colmaté les interstices de ses côtes. Au milieu de cette étendue se dressait la bosse de la tourelle, comme une colline, comme une tête sans cou directement rattachée aux épaules. Une tête massive et carrée qui faisait peur avec la trompe rectiligne de son canon. Tout cela encroûté de terre séchée, dure comme un ciment, de sable vitrifié par la chaleur et qui formait des crêtes coupantes ça et là. Cet amalgame était à la fois mort et vivant. De l'arrière, la tourelle avait l'allure d'un volcan au centre d'une sierra désertique. On avait l'impression que son écoutille allait s'ouvrir d'une seconde à l'autre pour vomir des torrents de feu et de lave incandescente. Cette masse cubique tournait parfois en grondant, telle la tête d'un dinosaure cherchant à repérer une proie dans le lointain, et les enfants se jetaient aussitôt à plat ventre, terrorisés à l'idée que cette grosse bête puisse les apercevoir et décide de les attraper avec sa trompe.

Eux qui ignoraient tout des animaux, se rappelaient soudain les longues descriptions de Suzie, et notamment le portrait qu'elle avait tracé de l'éléphant, cet énorme pachyderme au nez interminable. Le char n'appartenait-il pas à cette espèce ? Ils essayaient de lui parler pour l'amadouer et caressaient son blindage pour lui montrer qu'ils n'avaient aucune mauvaise intention à son égard. Certains crachaient sur le métal pour l'astiquer et lui donner un bel éclat luisant.

La jeune fille tentait de les rassurer : « Allons, il ne peut pas nous vouloir de mal, après tout nous ne sommes que des puces perdues dans sa fourrrure. Nous ne pouvons lui causer aucun préjudice sérieux. »

Cette idée des puces plaisait bien aux petits. Mais personne encore n'avait osé s'approcher de la tourelle. On était resté massé à l'arrière, là où l'on avait pris pied, et l'on s'était tassé les uns contre les autres sur une plaque de blindage tout encroûtée de sable durci.

David se faisait l'effet d'un naufragé rejeté sur une grève et qui n'ose encore se lancer à la découverte de l'île déserte sur laquelle il vient d'échouer.

Mais c'est que l'île bougeait sans cesse, dérivant au milieu du brouillard de poussière jaune, si bien qu'on avait plutôt la sensation de se trouver à bord d'un vaisseau fantôme condamné à voguer sans jamais faire escale, et cela, jusqu'à ce que sa coque usée par les vagues parte en lambeaux. Ce n'était guère rassurant.

Cette illusion avait été renforcée par le fait que les mioches s'étaient mis à souffrir du mal de mer. Les cahots incessants, les vibrations des moteurs et l'odeur nauséabonde des gaz d'échappement avaient fini par leur retourner l'estomac, et ils avaient commencé à vomir les uns après les autres, penchés au-dessus du vide, se tenant l'estomac à deux mains.

« Malade, gémissaient-ils, berk, goût de caca dans la bouche... »

David s'appliquait à faire bonne figure, mais il se sentait lui aussi devenir vert. Il n'était pas habitué à ce roulement cahotique dont les trépidations incessantes vous remuaient les entrailles. C'était comme si le Rinocérox essayait de les désarçonner, ruant de la croupe, battant l'air des sabots. Chaque fois qu'il plongeait dans un fossé, il fallait se cramponner de toutes ses forces aux boulons du capot pour ne pas être éjecté par la secousse. C'était alors comme si le vaisseau fantôme entrait au milieu d'une horrible tempête, bondissant d'une lame à l'autre, tantôt à demi aspiré par les abîmes, tantôt jeté à la crête d'une vague en direction du ciel. David s'embrouillait dans ses fantasmes, les images le submergeaient, et le tank devenait tour à tour navire ballotté par la tempête, iceberg tournoyant au sein d'un maelström, ou continent déraciné par un raz de marée cataclysmique. Il se cramponnait aux boulons, aux saillies du blindage à s'en arracher les ongles tandis que la machine sautait sur les obstacles dans un rugissement de chenilles emballées qui vous meurtrissait les tympans. Alors, les plaques d'acier à crampons fouaillaient la terre, soulevant dans les airs des gerbes de poussière et de cailloux qui retombaient sur le dos du mastodonte, lapidant les enfants, et c'était comme si la tourelle-volcan entrait en éruption, crachant des débris de lave qui vous écorchaient la peau et vous laissaient constellés d'éraflures.

Au bout de trois jours, les mioches retrouvèrent leur hardiesse naturelle. Ils se mirent alors en devoir d'explorer le capot, grattant avec les ongles la terre accumulée sur les différents orifices de la machines. Il y avait là une multitude de meurtrières toutes verrouillées de l'intérieur, et qu'ils surnommaient des « terriers », pour eux c'étaient là des repères de bêtes, comme on en trouvait parfois dans le désert. Ils essayaient vainement de les forcer, ne réussissant qu'à s'écorcher les ongles sur le métal sans éclat du blindage. Quand les dernières provisions furent épuisées, Fucker fit remarquer qu'il était temps de se mettre à chercher la trappe de visite donnant accès au compartiment des vivres. Selon lui, le couvercle se trouvait à l'arrière, car les chars étaient ravitaillés automatiquement par des unités robotisées. Dès qu'il sentait ses réserves diminuer, le tank se mettait en quête d'une ravitailleuse. Lorsqu'il avait localisé et rejoint cette unité mobile, il se rangeait sous le bras d'approvisionnement, et une sorte de tuyau souple s'introduisait dans ses différents orifices pour y déverser de l'eau, du carburant, des munitions et de la nourriture pour les pilotes.

Fucker ne savait pas bien expliquer comment l'opération se déroulait, mais c'était bel et bien de cette manière que les chars étaient maintenus opérationnels, il était prêt à le jurer. Les ravitailleuses étaient le plus souvent déguisées en montagnes ou en collines. Le char y pénétrait en se glissant dans une caverne artificielle, et le tour était joué.

Est-ce que le blondin inventait ? David n'en savait rien, mais il avait faim. Maintenant qu'on était sur la bête, il n'était plus question de descendre pour profiter d'un parachutage. Comment serait-on remonté ? Le Rinocérox était bien trop rapide pour qu'on puisse le poursuivre en remorquant le lourd cylindre d'acier du ravitaillement aérien.

Ces explications données, Fucker entreprit d'explorer le capot arrière, grattant la croûte de sable avec son couteau. Il mit ainsi à jour une trappe hermétiquement close dont il dégagea le pourtour.

« Faut la faire basculer, dit-il, en dessous y' a un pan incliné qui sert de déversoir. Les rations tombent pêle-mêle là-dedans, puis elles sont prises en charge par l'unité robotisée qui les ouvre, les réchauffe, et les achemine dans le poste de pilotage par l'entremise d'un distributeur qui sert la bouffe sur un plateau aux gars qui sont planqués dans l'habitacle. »

David songea qu'étant donné la hauteur du char le pan incliné aboutissant à la soute à vivres devait bien mesurer cinq mètres de long. Comment – dans ce cas – Fucker comptait-il piocher dans les réserves ?

« En attachant un mioche au bout d'une corde, annonça tranquillement le blondin. On le laissera descendre et il attrapera toutes les conserves qui seront à sa portée. De toute manière, ni toi ni moi ne pouvons y aller, seul un gosse peut se glisser dans une ouverture aussi étroite. On tirera à la courte paille pour savoir qui sera de corvée de descente, c'est tout. »

L'annonce de ce programme fit se renfrogner les

marmots. Quoi ? Il allait falloir descendre dans le ventre de la bête pendu au bout d'une ficelle ! Sacrée excursion, merci !

Fucker poussa un coup de gueule, coupant net le murmure de protestation qui s'enflait. Il commanda ensuite à David et à Antonin de prendre place de chaque côté de la trappe et de joindre leurs efforts aux siens. Ils se retournèrent les ongles, s'entaillèrent les doigts durant une trentaine de minutes avant de parvenir à faire basculer le couvercle de la soute d'approvisionnement. Le panneau épais comme la main, une fois relevé, démasqua une cavité fort étroite et une sorte de toboggan d'acier le long duquel devaient glisser les rations lors de la manœuvre de réapprovisionnement.

« Faudra pas qui soit gros le titi qu'on poussera là-dedans. » ricana Antonin en mesurant l'ouverture du regard.

David approuva, seul un tout jeune enfant pourrait s'insinuer dans un passage aussi resserré. De plus, le toboggan n'offrait aucune prise, ce qui, en cas de rupture de la corde, condamnerait le petit voleur à demeurer en bas...

« Pas de panique, trancha Fucker. On a les suspentes des parachutes, avec on peut tresser une bonne corde bien solide, et on bouclera les harnais autour du gamin, comme ça, pas de risque qu'il nous échappe. »

Son regard errait déjà sur le groupe des mioches, soupesant les caractéristiques morphologiques de chacun d'entre eux. Les petits cherchèrent instinctivement à se cacher les uns derrière les autres.

« Si vous voulez bouffer, faudra descendre, leur lança Fucker. Habituez-vous à cette idée. Y'a pas d'autre solution. Après tout, c'est rien qu'une chouette glissade sur un beau toboggan, non ? »

David grimaça. Y avait-il des robots en bas ? Des

robots comme il en avait vu à la base fantôme ? Et les avait-on programmés pour réagir en cas d'intrusion ennemie ?

Fucker avait saisi l'un des enfants par l'épaule. C'était un môme chétif, aux côtes saillantes qui se fatiguait vite et vivait toujours plus au moins pendu aux jambes de Suzie.

« Toi, dit Boum-boum, t'as toutes les qualités requises. Tu seras notre voleur... oui, tu seras notre rat ! »

Les mioches enchantés répétèrent ce mot à l'infini. « Le rat ! Le rat ! », on devinait soudain chez chacun d'eux une certaine déception à l'idée de n'avoir pas été choisi pour cette mission de confiance. D'un seul coup, le titre de rat s'auréolait d'un prestige mystérieux qui faisait envie à tout le monde.

« Et voilà, ricana Fucker en adressant un clin d'œil à David. Les loupiots, faut pas grand-chose pour les amuser. »

On se prépara à la descente, car le clan avait faim et il n'était pas question d'attendre. Instinctivement les enfants s'étaient éloignés du petit garçon maigre choisi par Fucker, et le gosse, se sentant mis à l'écart, donna des signes de frayeur. Son menton et sa bouche s'étaient mis à trembler tandis qu'une vilaine grimace déformait peu à peu ses traits. Suzie l'attira contre elle pour le consoler, mais il se débattit et jeta un coup d'œil haineux à tous ceux qui le regardaient. David réalisa qu'il ne connaissait même pas son nom. Pendant ce temps Fucker avait tiré de la besace collective les suspentes et les harnais prélevés sur les parachutes de ravitaillement. Attirant le gosse, il l'emprisonna au sein d'un carcan de boucles et de courroies, ne prêtant aucune attention aux larmes qui ruisselaient sur les joues du petit.

« Veux pas y aller, bafouillait le mioche. Veux pas entrer dans la bouche du mange-bébé... »

Quand un gosse parlait de lui-même en employant le mot « bébé » cela signifiait qu'il était particulièrement effrayé, et qu'il mettait en avant la vulnérabilité de son état. Dans la langue étrange des mioches, le mot « bébé » était synonyme de fragile, d'inabouti. Il pouvait s'appliquer aussi bien à un être humain qu'à un objet de petite taille dépourvu de solidité. C'était un terme péjoratif que les gamins se jetaient au visage comme une insulte.

David étudia le garçonnet. Il s'exprimait avec difficulté, dans ce sabir particulier des gosses laissés à l'abandon et auxquels personne ne se donnait plus la peine d'apprendre véritablement à parler. Les mots le suffoquaient, lui emplissant la bouche de leur bouillie brûlante, immangeable. Il crachait plus qu'il ne parlait, mais les autres gamins avaient compris, eux, et ils se mirent à scander les derniers mots du « rat » : Le mange-bébé... le mange-bébé...

Certains riaient nerveusement, d'autres poussaient de petits cris effrayés, mais tous fixaient la découpe noire de la trappe d'approvisionnement que les « grands » venaient d'entrebâiller.

À leurs regards hallucinés, il n'était pas difficile de deviner que cette ouverture avait tout à coup pris pour eux l'allure d'une gueule béante prête à la dévoration. Le petit garçon maigre voulut s'échapper des mains de Fucker. Il se débattait, griffait, la bouche dilatée sur une longue plainte qui n'en finissait pas. Le blondin le saisit aux épaules et le secoua violemment.

« Arrêtez vos conneries ! cria-t-il à l'intention des autres gosses. Y'a pas de bouffe-bébé, c'est juste une ouverture donnant accès au garde-manger du char ! » Mais personne n'accorda le moindre crédit à ses paroles.

La trappe à demi ouverte hypnotisait tout le monde. David se pencha à nouveau pour essayer de distinguer ce qui se cachait en bas, mais le toboggan d'acier luisant plongeait dans une nuit compacte. Il n'y avait là rien de suspect. Pourquoi en aurait-il été autrement ? Les boîtes de conserve n'ont pas peur du noir, n'est-ce pas ?

Maintenant Fucker poussait le gamin vers l'ouverture, lui tapant sur les doigts quand le garçonnet tentait de se raccrocher aux boulons du blindage. Suzie ne savait que faire et son visage trahissait les sentiments divers qui l'agitaient. Sans doute trouvait-elle Fucker trop violent, mais il fallait manger, boire, et pour cela quelqu'un devait descendre sans tarder... Peut-être aurait-on pu patienter encore un peu, le temps de préparer l'enfant à la tâche qui l'attendait ?

Le petit hurlait sans reprendre respiration et sa figure chafouine de gosse mal nourri devenait bleue. Fucker l'enfourna de force dans l'ouverture, l'enfonçant jusqu'à la ceinture dans le canal d'approvisionnement. L'enfant griffait le blindage pour se retenir, et ses doigts écorchés laissaient des traces sanglantes sur le métal.

Cédant à la colère, Fucker posa soudain son pied nu sur la tête du petit garçon et pesa de tout son poids, le forçant à disparaître dans le trou. On eût dit qu'il repoussait une bête au fond de son terrier. S'il avait eu un bâton, il aurait tapé sur le crâne du gamin pour le contraindre à descendre plus vite.

Le « rat » suppliait, s'étouffant dans ses sanglots. David crut comprendre que « le bouffe-bébé lui mordait déjà les fesses » et qu'il demandait qu'on le tire de là au plus vite. Dès qu'il fut sur le toboggan, l'enfant ne trouva plus aucun point d'appui pour ralentir sa descente, il glissa, aspiré par la pente. Ses hurlements avaient pris une curieuse sonorité métallique. La corde fila sur cinq mètres entre les doigts de David et d'Antonin, puis le gosse toucha le fond et la traction cessa. Il pleurait toujours, et l'absence de mouvement du filin laissait supposer qu'il s'était recroquevillé quelque part dans l'obscurité, refusant obstinément de bouger. Fucker qui s'impatientait s'allongea sur le ventre, au bord du trou.

« Tâtonne autour de toi, cria-t-il dans ses mains en porte-voix. Il doit y avoir plein de boîtes pêle-mêle, et des bidons d'eau, on va t'envoyer la besace au bout d'une corde, tu la rempliras et tu donneras deux coups dès qu'elle sera pleine. Tu as compris ? »

Mais le mioche ne répondit pas. Perdu dans le noir, ramassé en chien de fusil, il continuait à gémir d'une voix uniforme et épuisée, tel un chien à l'agonie.

« Quel crétin, ragea Fucker. Il est foutu de rester là-dedans jusqu'à demain sans rien faire de ce qu'on lui demande... »

On fit descendre la musette dont la sangle avait été nouée à l'une des suspentes, mais le garçonnet, toujours prostré, ne fit pas mine de s'en saisir. Cette fois Fucker ne retint plus sa colère.

« Petit trou du cul, hurla-t-il, tu ne remonteras pas tant que tu n'auras pas rempli le sac, tu entends ? Tu resteras en bas trois jours s'il le faut, mais tu feras ce qu'on te dit ! »

Il écumait de rage, et les cicatrices d'acné qui marquaient son visage étaient beaucoup plus rouges que d'ordinaire.

« Veux remonter, geignit l'enfant perdu dans l'obscurité. Y'a des bêtes.... Y'a des bêtes qui bougent... Vont m'mordre les fesses...Veux pas rester ! »

Alors Fucker l'insulta longuement. Pour souligner ses menaces, il plongea le bras dans l'ouverture et tapa du poing sur le métal du toboggan, emplissant la cavité d'un vacarme de tonnerre.

David s'interposa. « Arrête ! trancha-t-il. Tu lui fais tellement peur que tu le paralyses. C'est pas comme ça qu'il faut s'y prendre. »

Le blondin se redressa, une lueur de haine et de folie au fond des yeux. Durant une seconde David crut que Fucker allait lui sauter à la gorge ou le rejeter hors du char d'une bourrade en pleine poitrine, mais Suzie s'interposa. « Laissez-moi lui parler, dit-elle en s'agenouillant au bord du trou. Vous n'êtes pas malins. On dirait que vous n'avez jamais eu peur du noir ! »

Parlant calmement, elle s'efforça de rassurer l'enfant. Elle lui dit d'abord qu'il n'y avait pas de bêtes, qu'il n'y avait autour de lui que des boîtes et des paquets qui s'effondraient lorsqu'il remuait, c'était tout... Les bruits qu'il entendait provenaient de là. Il fallait maintenant remplir la musette, attraper les conserves à tâtons. Il y avait sûrement plein de bonnes choses en bas, des gourmandises dont on n'avait pas idée. Est-ce qu'il n'avait pas déjà un peu faim à l'idée de toutes ces victuailles entassées ?

David tendait l'oreille. Il ne partageait pas entièrement l'optimisme de Suzie. Et si le gosse disait vrai ? Si quelque chose était effectivement en train de s'approcher de lui... Une unité robotisée capable de s'orienter dans le noir. Une machine comme il en avait vu dans les hangars de la base fantôme... Un truc monté sur des roulettes, avec des bras articulés mûs par des ressorts et des bielles. Une telle machine n'était-elle pas capable de prendre le gamin pour une pièce de viande fraîche destinée à l'alimentation des pilotes ? La chose avait-elle été prévue, programmée ?

La sueur lui mouilla l'intérieur des paumes. Il imaginait sans mal ce qui risquait de se passer si l'enfant tombait entre les pinces d'un automate ayant pour fonction de dépecer et de congeler les pièces de viande déversées dans le puits d'approvisionnement. Cette éventualité n'avait rien d'impossible. Pourquoi les tankistes se seraient-ils uniquement nourris de conserves ? Et si l'on avait prévu qu'une fois leurs rations épuisées, ils pouvaient se retrouver contraints de chasser pour survivre ? Hein ?

Les images l'assaillaient : il voyait les soldats, debout dans la tourelle, tirant au fusil sur un troupeau de chèvres galopant à travers la plaine. Ils abattaient l'une d'elles et traînaient sa dépouille à l'arrière du char. Ils ne la dépeçaient pas, ils ne la vidaient pas, non, ils se contentaient de la tasser à coups de pied dans le tunnel de ravitaillement, sachant qu'en bas officiait un automate programmé pour exécuter ces diverses corvées. C'est lui qui dépouillerait la bête de sa peau, qui la découperait en portions égales et congèlerait cette viande en prévision des prochains repas...

Un tel système de survie pouvait exister... Il existait même sûrement, et l'enfant qu'on avait expédié dans les ténèbres de la soute risquait de tomber entre ses mains...

Cédant à la panique, David faillit tirer sur la corde pour remonter le gamin. Ce fut le regard de Fucker qui l'arrêta. Le blondin le fixait avec une haine non dissimulée. « Il est fou, pensa David avec un frisson désagréable. Il croit qu'il va nous mener à la baguette sous prétexte qu'il nous a aidés à grimper sur le char ? »

Il n'aimait pas la lueur de démence qui vacillait dans les yeux du blondin. Il songea que Fucker Boum-boum résultait de l'accouplement de deux adultes détraqués par la drogue, comme l'étaient presque tous les vieux dans les derniers temps du conflit, avant l'élimination systématique de tout ce qui pouvait porter casque et fusil... Il faudrait se méfier de lui et rester vigilant, mais en attendant le petit était en bas, offert en pâture aux automates dépeceurs. David ouvrit la bouche, décidé à faire part de ses craintes à Suzie, mais la jeune fille l'arrêta d'un geste.

« Ça y est, dit-elle avec un sourire. Je crois qu'il a commencé à remplir la musette. »

David ferma les yeux. La sueur lui coulait sur le front. Il imaginait le gosse, perdu au milieu de l'amoncellement des boîtes de conserve et des paquets de nourriture déshydratée. Il le voyait, ramassé sur lui-même, grelottant de peur et saisissant au hasard les cylindres de métal qui l'entouraient. C'était peut-être du reste ce capharnaüm qui le protégeait de l'automate dépeceur ? La machine tournait en claquant des pinces, gênée dans son avance par l'obstacle des piles de conserves renversées. On l'avait programmée pour privilégier le traitement de la nourriture fraîche, et elle avait hâte d'exécuter son travail. C'était de la bonne viande qu'elle avait détectée là, si fraîche qu'elle bougeait encore. Voilà qui ferait de fameuses rations sur les étagères du congélateur de bord. Mais pour cela il fallait qu'elle puisse s'en approcher...

David sentit la peur lui mordre le ventre. Il ne voulait pas être complice de l'exécution du petit garçon maigre, il ne voulait pas qu'on le sacrifie, il...

« La musette est pleine, dit Suzie, remonte-la. »

Il tira machinalement sur le câble de nylon, halant sans à-coup la charge brinquebalante. On entendait frotter le sac sur les parois du toboggan. Fucker plongea le bras dans l'ouverture et saisit la besace par sa courroie. Lorsqu'il la ramena en pleine lumière tous purent voir qu'elle était pleine de rations cabossées, de bouteilles de sodas, et un grand cri de victoire monta de la poitrine des enfants.

« Qu'est-ce que je vous disais ? exulta le blondin. C'est la caverne au trésor là-dessous, suffit de se servir, c'est tout. Avec ce garde-manger à portée de la main on ne manquera plus jamais de rien, ce sera la fête tous les jours.

– Vive Fucker ! criaient les mioches, vive Fucker Boum-boum ! »

Et ils entreprirent de mimer la danse d'apocalypse du jeune homme. Leurs pieds frappaient en cadence le blindage du char, éveillant des échos sourds.

Comme personne ne s'occupait plus du garçonnet perdu dans l'obscurité, David prit sur lui de le hisser sans plus attendre à l'air libre. Les dernières secondes lui parurent interminables. Il était tout à coup obsédé par l'idée qu'il était en train de haler un corps à demi dépecé... Un pantin inerte et vidé de son sang, aux jambes sectionnées par l'unité nourricière. Il tirait sur la corde, s'écorchant les paumes. Le gosse ne pesait presque rien au bout du filin. Il se laissait soulever comme un paquet, sans doute vaincu par la tension nerveuse... *ou bien saigné à blanc,* lui murmura une voix intérieure. *Hé ! Dave ! Et si c'était un enfant-tronc que tu tirais à l'air libre ? Un gosse dont les bras et les jambes reposent déjà sous forme de tranches régulières sur les claies d'un congélateur ?* Le souffle lui manqua presque. Enfin, la tête du petit émergea du trou. Elle était toute gonflée par les pleurs et un long filet de morve coulait de son nez rougi. David se précipita pour vérifier qu'il était entier, mais le garçonnet crut qu'on allait le battre, et se cacha derrière ses bras levés. Il bafouillait des choses incohérentes à propos des bêtes qui bougeaient dans le noir. Personne à part David ne prêta attention à ses paroles. Le clan était déjà occupé au partage des boîtes. On avait entrepris de vider les conserves dans une grande gamelle cabossée qu'on pousserait ensuite au-dessus de la grille d'aération d'où montait en permanence un souffle brûlant. La nourriture chaufferait rapidement et l'on n'aurait plus qu'à plonger les doigts dans cette merveilleuse bouillie où se mêlaient haricots, saucisses, pommes de terre et quartiers de viande.

David débarrassa l'enfant de ses sangles. Le petit essaya de lui sourire, moins par reconnaissance que pour désarmer l'agressivité potentielle de ce « grand » qui lui faisait peur. Il avait repris son bredouillis et agitait ses bras maigres, mais David ne comprenait pas grand-chose à ses explications. Le gosse parlait « marmot », utilisant plus d'onomatopées que de mots convenablement articulés. C'était de cette manière que s'exprimaient la plupart des mioches qui avaient grandi tout seuls, au moyen d'une langue universelle composée de bruits approximatifs. Dans leur bouche une machine devenait ainsi un « broum broum », un bruit ténu un « grat-grat »... David essaya de lui faire préciser la nature de la menace perçue dans la soute, mais le vocabulaire du petit n'était pas assez complexe pour se lancer dans de telles explications. Il s'obstinait à évoquer un quelconque « bouffe-bébé », ce croquemitaine dont se menaçaient les mômes entre eux. Le bouffe-bébé lui avait reniflé les fesses, oui, il l'avait senti... Mais pas vu, non, pas vu.

Maintenant qu'il était assis à l'air libre, le mioche commençait à jouer les héros. La peur oubliée, les narines flattées par le fumet de la nourriture en train de réchauffer, il se pavanait en prenant des poses avantageuses. Quand les autres gamins l'interpellèrent, il entreprit de mimer son aventure en ponctuant ses gestes d'onomatopées dont David ne parvint pas à percer le sens. Il en fut troublé, car il réalisa qu'un jour viendrait où enfants et adolescents ne parleraient plus la même langue et se côtoiraient comme des étrangers. Comment les choses avaient-elles pu se dégrader à ce point, en si peu de temps ?

Son mime achevé, le garçonnet s'approcha de la calebasse du banquet et voulut plonger la main dans la nourriture chaude. Fucker le tira violemment en arrière, le faisant tomber sur les fesses.

« À quoi tu joues ? intervint David en fixant le blondin dans les yeux. Il a le droit à la première part... c'est lui qui a ramené la bouffe, non ?

– Rigolo, va, siffla Fucker. Tu veux qu'il se bourre la panse et qu'il grossisse ? Comment il se glissera dans la soute ensuite, hein ? Tu y as pensé ? Ce gosse, il faut qu'il reste maigre comme une trique. Il en va de notre survie.

– Quoi ? protesta David. Tu veux le condamner à mourir de faim ?

– Le moyen de faire autrement ? ricana Fucker. Personne n'est aussi maigre que lui et pourtant c'est tout juste s'il passe dans le conduit. C'est triste, mais on n'a pas le choix. »

Et prenant l'assemblée à témoin il lança : « Vous êtes pas d'accord avec moi, vous autres ? Qu'est-ce qui vaut mieux : qu'un seul se serre la ceinture ou que tous meurent de faim ? »

Le clan choisit bien évidemment la première solution. D'ailleurs, on était trop occupé à se partager la nourriture pour se lancer dans une polémique sans grand intérêt.

Le petit garçon maigre sortir du cercle à quatre pattes et courut se cacher dans un renfoncement du blindage. Fucker accepta qu'on lui porte une gamelle où l'on avait déposé quelques lambeaux de viande, mais il recommanda à chacun de ne lui accorder aucune ration supplémentaire, même s'il venait à supplier ses voisins. On acquiesça, on avait du reste bien trop faim pour imaginer de céder à quiconque, ne fût-ce qu'une miette du contenu de son assiette.

« C'est dégueulasse, dit David en se laissant tomber à côté de Suzie. La jeune fille tressaillit, comme piquée au vif.

– Trouve donc une autre solution si tu es si malin, rétorqua-t-elle sans lui accorder un regard. Fucker m'a sauvée des mouettes, ne compte pas que je dise du mal de lui. Ce n'est pas de ma faute si tu es jaloux parce que les mioches ne t'écoutent plus. »

David eut la sensation qu'on le frappait en plein visage avec un gant de cuir et le souffle lui manqua. Faisant un effort pour refouler le tremblement qui montait dans sa gorge il essaya d'évoquer ses craintes au sujet de l'automate-dépeceur et des dangers qui menaçaient le gamin, mais Suzie pouffa de rire et manqua de s'étrangler avec la nourriture. Quand elle eut repris son sérieux, elle déclara :

« Ce n'est pas bien, tu inventes pour nuire à Fucker. Je te préviens, si je te surprends en train de monter la tête à ce pauvre gosse pour l'empêcher de descendre, je te dénoncerai au clan et tu seras puni. Il n'y a rien en bas... que des boîtes de conserve en vrac. C'est tout. »

CHAPITRE IX

Le « rat » descendait tous les jours, la peur au ventre et le visage convulsé, et chaque fois Fucker devait le fourrer de force dans l'ouverture du compartiment de ravitaillement. Jamais l'habitude n'eut raison de ses frayeurs et de ce « bouffe-bébé » qu'il sentait tapi dans l'obscurité, derrière les piles de boîtes effondrées. David supportait de plus en plus mal cette cérémonie cruelle au cours de laquelle l'enfant hoquetait et se débattait comme si on se préparait à le jeter en pâture à quelque animal féroce. Une fois expédié en bas, il restait parfois prostré de longues minutes ou bien s'enfouissait sous les paquets, incapable de comprendre que sa survie dépendait de sa rapidité. David avait essayé de lui faire la leçon, mais le gamin l'avait fixé d'un air stupide, avant de se mettre à faire des bruits avec la bouche pour signifier qu'il s'ennuyait.

« Quand tu es en bas, dans le noir, lui avait-il chuchoté de manière à ne pas être entendu des autres. Il faut te dépêcher de remplir la musette. Plus vite tu auras fini plus vite je pourrai te remonter. Tu comprends ? »

Au bout d'un moment, le gamin avait baissé la tête

et s'était mis à jouer avec ses orteils sales. David avait renoncé à poursuivre.

La nuit, le garçonnet faisait des cauchemars et s'agitait. Il maigrissait et commençait à régresser, adoptant des attitudes de nourrisson. Au bout d'une semaine, il ne se déplaçait plus qu'à quatre pattes, suçait son pouce et faisait sous lui. Si personne n'y prenait garde, il était capable de demeurer assis une matinée entière dans sa propre urine. Aucun de ces symptômes n'empêchait Fucker de l'expédier dans la trappe le moment venu. David s'en ouvrit à Suzie, mais la jeune fille le rabroua.

« Il veut se faire chouchouter, éluda-t-elle. La corvée de ravitaillement lui donne de l'importance, alors il veut jouer les petits seigneurs, c'est un truc courant chez les garçons. Il ne faut pas y faire attention. »

Elle baissa la voix, saisit durement David par le poignet et ajouta :

« Quant à toi arrête de lui raconter des histoires de croquemitaine. Tu crois que je ne n'ai pas repéré ton manège ? Tu as une mauvaise influence sur lui. Garde tes distances si tu ne veux pas que j'en parle à Fucker. »

C'était la seconde fois qu'elle le menaçait, et David sentit sa gorge se nouer de tristesse. Il comprit qu'il était inutile d'insister. Tant que l'enfant ne sortirait pas de la soute à demi dépecé, personne ne croirait à l'existence du robot cuisinier.

Combien de temps le petit parviendrait-il encore à échapper à l'automate ? Au fur et à mesure qu'on pillait la cale, le passage se dégageait. Bientôt la machine pourrait librement circuler au milieu de l'amoncellement des vivres, elle n'aurait plus alors qu'à tendre ses bras articulés et à...

David entendait déjà les hurlements du gosse, il s'imaginait, tirant de toutes ses forces sur la corde, mais ne parvenant à ramener qu'un petit corps horriblement mutilé.

Maintenant, chaque fois qu'il s'approchait des mioches, il devinait le regard de Suzie posé sur lui, elle le surveillait, comme si son influence était à craindre, comme s'il contribuait à répandre un ferment de révolte.

À chaque nouvelle descente dans la soute, David sentait la sueur lui mouiller le front. Bien que le gosse ne fût pas particulièrement dégourdi, rien de fâcheux ne se produisit. Le clan s'était rapidement habitué à la merveilleuse magie de la cale à ravitaillement, et l'on commençait déjà à grogner devant le peu de variété des rations. Le mécontentement général se retournait toujours contre le « rat » qu'on accusait de ne pas savoir choisir ce qui convenait et de passer à côté du meilleur. On le rudoyait. La nuit, certains gosses s'amusaient à lui mordre les fesses tandis que d'autres lui criaient aux oreilles que le bouffe-bébé était sorti de sa cachette pour le dévorer.

Fucker avait formellement interdit aux « grands » d'intervenir en faveur du gamin. « Faut qu'il se forge le caractère, avait-il déclaré. Lorsqu'il sera devenu moins peureux, il fera peut-être du meilleur travail. »

Les jours succédaient aux jours, mais le clan demeurait toujours rassemblé à l'arrière du char, sur une mince portion de blindage comprise entre les pots d'échappement et la grille de ventilation. On n'osait en effet s'élancer à la conquête de la tourelle qui effrayait les plus intrépides. On avait peur que cette tête carrée ne se retourne soudain à l'approche des envahisseurs et ne se mette à cracher l'enfer par toutes ses gueules, foudroyant sur place les imprudents. On savait qu'outre l'énorme canon rétractable, elle était munie de plusieurs mitrailleuses et d'un lance-flammes qui pouvaient jaillir de leurs cachettes en une fraction de seconde.

Fucker lui-même hésitait. « Y' a peut-être des détecteurs chargés de repérer si des mecs rampent vers la tourelle pour y jeter des grenades ? maugréait-il. Si c'est le cas, on se fera assaisonner dès qu'on quittera l'arrière. »

David vit là l'occasion de reprendre l'avantage sur le blondin. Un matin, les dents serrées et sans avoir fait part de ses intentions à quelqu'un, il marcha résolument vers le donjon d'acier qui s'élevait au milieu du territoire boulonné du capot. Il avançait le ventre noué, persuadé qu'une salve allait le couper en deux de manière imminente. Par bonheur, rien ne se produisit, et il put contourner la tourelle, longer le canon et s'avancer jusqu'à la proue du char sans qu'aucun mécanisme défensif ne sanctionne sa présence en ces lieux. Sans doute était-il trop petit pour attirer l'attention des détecteurs ? C'est du moins ce qu'il choisit de croire. Incrédule, le clan l'observa un long moment avant de se décider à le suivre. Fucker faisait beaucoup d'efforts pour masquer sa rage, et David fut heureux de le voir plisser la bouche en un sourire affreusement jaune. Pour achever de l'exaspérer, David sauta au sommet de la tourelle et mima une danse grotesque qui était la caricature même de celle qu'affectionnait Boum-boum. Suzie, qui avait commencé à lui sourire, se renfrogna et parut choquée de son mauvais esprit. Cette bouderie gâcha la victoire de David.

À partir de ce jour, on prit l'habitude de se déplacer sans crainte d'un bout à l'autre du tank, et l'on finit par considérer le Rinocérox comme une bête apprivoisée dont on n'avait plus rien à redouter.

La tourelle, cependant, continuait à hypnotiser le clan. C'était comme une grosse tête aveugle, l'énorme crâne d'un éléphant de fer dépourvu d'œil. Les gosses pouvaient rester des heures à la fixer. David lui-même avait du mal à lui tourner le dos. Dès qu'il le faisait, il avait l'impression que quelqu'un fixait sa nuque avec l'idée de le frapper au moment où il commencerait à s'assoupir. Et puis il y avait le canon, interminable, aussi large qu'un terrier. Était-ce une trompe ? Était-ce une corne ?

Les mioches passaient de longues heures l'oreille collée au blindage, écoutant les bruits internes de la machine. Un jour l'un d'eux décréta qu'il entendait quelqu'un parler sous la peau du monstre. Ce n'était qu'un jeu, mais tous les enfants se persuadèrent bientôt qu'ils entendaient eux aussi parler les gens cachés dans le ventre du Rinocérox.

C'est ainsi que naquit la légende des pilotes fantômes. Tout d'abord, David n'y prêta aucune attention. Il avait visité la base aérienne perdue dans les sables. S'il y avait des soldats au cœur de l'engin, ce ne pouvait être que sous la forme d'un équipage de squelettes fossilisés, leurs phalanges d'os soudées aux manettes des instruments de contrôle. Le Rinocérox roulait en pilotage automatique, comme toutes les machines de guerre depuis la disparition des derniers combattants. Mais les gosses s'accrochaient à cette fable. Souvent ils se rassemblaient en cercle pour passer en revue tous les avantages dont disposaient les hommes installés au centre du véhicule : d'abord, énuméraient-ils, ils ne souffraient ni de la chaleur du jour ni du froid glacial de la nuit, le vent de sable ne leur écorchait pas la peau, ils disposaient d'une énorme réserve de nourriture à portée de la main. Bien installés entre les parois de fer, ils n'avaient pas à redouter d'être éjectés par un cahot ou de tomber du char en marchant dans leur sommeil...

Ce dernier point recouvrait une peur bien réelle, et que tous, même David, partageaient. En effet, depuis peu le tank était entré dans un territoire terriblement accidenté et les cahots de sa course avaient déjà fait glisser deux enfants durant la nuit. Depuis c'était devenu pour chacun une obsession : on avait peur de rouler dans le vide pendant son sommeil, et l'on ne s'endormait plus qu'arc'bouté au blindage, les doigts crochés sur une saillie du capot. On avait beau être vigilant, les chocs vous déportaient peu à peu vers le bord, et l'on roulait vers l'abîme sans même en avoir conscience. David s'était réveillé à deux reprises, le nez à trente centimètres du vide, à l'instant même où un nouveau choc allait le jeter à bas du char.

Tomber du Rinocérox, c'était faire une chute de dix mètres, avec le danger d'être happé en fin de course par les engrenages entraînant les chenillettes. À ce petit jeu, on pouvait se faire hacher vif sans que personne ne puisse vous aider.

Deux enfants étaient déjà portés manquants. Peut-être avaient-ils roulé dans le vide au cours de la nuit, peut-être avaient-ils été victimes d'une crise de somnambulisme ? Tous les gosses nés durant le conflit souffraient de troubles du sommeil. La plupart d'entre eux rêvaient tout haut. Quelques-uns se dressaient sur leurs jambes et se mettaient à déambuler au hasard, les yeux clos. Sur la plaine ces courses insolites n'avaient pas de conséquences fâcheuses, sur le territoire mouvant du tank il en allait autrement... Il suffisait d'un pas de trop pour perdre l'équilibre et basculer le long des flancs abrupts de la machine. Et si l'on essayait de se raccrocher aux roues dentées tractant les chenilles squelettes, on se faisait manger la main jusqu'à l'os. Peu à peu on avait commencé à redouter l'inéluctable arrivée du sommeil. On se battait pour les places qui offraient les meilleures prises : saillies du métal, protubérances, encaissements, qui permettaient de se caler avec quelque efficacité. Mais ces points d'ancrage étaient peu nombreux et souvent illusoires. Dès qu'on fermait les yeux, dès que le corps s'engourdissait, les mains devenaient molles, relâchant leur étreinte... et l'on partait à la dérive, ballotté par les cahots incessants. Au début les gosses avaient aimé se faire ainsi bercer par la machine, aujourd'hui ils découvraient que tangage et roulis pouvaient les expédier directement sous les roues du char, avant même qu'ils aient eu le temps d'ouvrir les paupières.

De ce danger bien réel étaient nées les interrogations sur ce qui se cachait dans le ventre du Rinocérox. Les mioches auscultaient obstinément toutes les trappes, tous les orifices, mais ces ouvertures étaient hermétiquement closes, elles ne permettaient en aucune manière d'apercevoir ce qui se passait sous la plaque de blindage. Rien ne pouvait les forcer, car on les avait conçues pour résister à la déflagration des charges les plus puissantes. Certains s'étaient mis les doigts en sang à force de gratter le pourtour de l'écoutille couronnant le sommet de la tourelle. Inviolable, protégé, le Rinocérox conservait jalousement ses secrets.

Pendant que le char traversait une zone de « tôle ondulée », on perdit un nouvel enfant. Il était tombé pendant la nuit, et personne ne l'avait même entendu crier. On essaya de s'attacher avant de s'endormir, mais les suspentes prélevées sur les parachutes avaient fâcheusement tendance à vous taillader la peau en raison de leur trop grande finesse. De plus, on manquait de points d'amarrage et les cordes entremêlées finissaient par vous ligoter ou vous étrangler pendant votre sommeil.

Au fil des jours, les enfants évoquèrent de plus en plus fréquemment ce paradis inaccessible installé dans le ventre du char.

Ils se le représentaient sous l'aspect d'une grande et douillette caverne tapissée d'herbe molle. Une fois dans cette grotte on n'avait plus rien à craindre des explosions, des bourrasques, on dormait et on mangeait. On était au frais le jour et au chaud la nuit.

David connaissait la litanie par cœur, et pourtant il se surprenait à l'écouter avec une étrange gourmandise.

« C'est bête, concluait généralement l'un des mioches en cognant le blindage de ses petits poings serrés. On serait si bien là-dessous. »

Ce fut Fucker Boum-boum qui pensa au canon... David s'en voulut de n'en avoir pas eu l'idée avant lui, mais il se fit aussitôt la réflexion que cette astuce présentait bien des risques.

Oui, ce fut Fucker qui songea à utiliser l'énorme canon pour se glisser à l'intérieur du mastodonte.

« Après tout, c'est comme un tunnel, expliqua-t-il aux mioches rassemblés à ses pieds. Il suffit d'y ramper pour aboutir à la tourelle. Celui qui s'y glisserait pourrait nous ouvrir de l'intérieur. Il lui suffirait de tourner le volant bloquant l'écoutille et le tour serait joué... »

Le plan paraissait séduisant, mais trop simple, beaucoup trop simple. David voulut élever une objection, mais tous les gosses s'étaient déjà levés et se bousculaient pour courir au bout du canon.

L'orifice bleui par la chaleur des explosions était, il est vrai, assez large pour permettre à un enfant de petite taille de s'y glisser, mais à la seule idée de l'interminable reptation qui attendrait alors ce téméraire explorateur, David sentait ses cheveux se hérisser sur sa tête.

« Un petit pourrait le faire, insistait Fucker. Toi... ou bien toi. Il suffirait qu'on vous enduise de graisse pour que vous glissiez mieux et le tour serait joué. En un rien de temps, vous seriez dans la tourelle... Ensuite un coup de volant, et hop ! le royaume serait à nous ! La caverne de fer, à l'abri du vent, du froid... »

Les enfants le regardaient, les yeux brillants. Quelques-uns se haussaient sur la pointe des pieds pour tenter d'examiner la bouche à feu. David dut s'avouer qu'il aurait été pour sa part incapable de ramper dans ce tube étroit, puant la poudre brûlée, et au sein duquel régnait une nuit totale. Un tunnel... un tunnel de fer qui devait vous comprimer les côtes et vous laisser tout juste la place de respirer. Il se retourna vers Suzie, lui saisit les mains et lui murmura d'un ton suppliant : « C'est de la folie. Et si le gosse reste coincé, tu y as pensé ? Comment le sortirions-nous de là ? Il mourrait de soif sans que nous puissions l'arracher à sa prison.

– Tu es bête, soupira la jeune fille avec impatience, il suffirait de lui attacher une ficelle aux pieds, comme ça on pourrait le récupérer sans mal. Réfléchis un peu. Tu t'affoles pour des riens. »

Mais David continuait à regarder la bouche à feu, plein d'une sourde horreur. Il aurait voulu crier aux enfants rassemblés autour de Fucker : « Non ! N'allez pas là-dedans ! C'est un piège ! Vous n'en sortirez pas ! », mais il resta les bras ballants, indécis, prisonnier de son angoisse.

« Celui qui réussirait ce coup-là serait un sacré héros, expliquait benoîtement Fucker. Tout le clan lui devrait le respect et on lui servirait les meilleures parts. Sûr qu'il en retirerait de foutus avantages. » Les mioches l'écoutaient en hochant la tête. Seuls les plus petits faisaient la grimace en désignant l'orifice du canon. « C'est noir comme un trou du cul ! grognaient-ils entre eux. Si ça se trouve, c'est plein de caca ! » Cette éventualité les plongea dans une hilarité qui conduisit certains d'entre eux à se pisser de rire sur les pieds.

La proposition de Fucker avait secoué les esprits et les enfants formèrent des petits groupes qui se mirent à deviser dans ce sabir qui leur était propre, et que les adolescents surnommaient « le marmot ». David tendit l'oreille. Par moments il saisissait le sens approximatif d'une phrase, d'une série d'onomatopées, d'un geste. Les gosses bruitaient beaucoup, gesticulaient autant, et leurs discussions prenaient le plus souvent l'allure d'un mimodrame. Il crut comprendre qu'ils trouvaient tous formidable l'idée de s'immiscer dans les entrailles du Rinocérox et de prendre les commandes de la machine. Ils voulaient s'installer dans la caverne secrète, dormir au sein de cette coquille de fer que rien ne pouvait entamer. « On jouera avec le canon, proposa l'un d'eux. Nous aussi on pourra tout casser, on tirera sur les autres clans, sur ces connards de piétons qui nous regardent passer comme des imbéciles. » Le canon fascinait les mioches, allumant en eux d'étranges envies de destruction. Les plus petits avouaient en bafouillant leur désir de faire « boum » avec la chose longue et creuse qui sortait de la tête sans yeux du Rinocérox.

« On sera les plus forts et tout le monde aura peur de nous. » conclut un garçon aux yeux brillants d'excitation.

David dormit mal cette nuit-là. Fucker avait semé le germe d'une mauvaise herbe qui poussait à toute allure. David était horrifié à l'idée que les enfants puissent envisager de reprendre à leur compte la guerre déclenchée par les adultes. Et pourquoi ouvrir le feu sur les autres clans puisqu'on n'avait plus à leur disputer le produit des parachutages ? Les grimaces et les gestes obscènes qu'ils adressaient aux passagers du Rinocérox n'avaient rien de bien méchant, et même les pierres qu'ils lançaient en direction du char ricochaient sur les chenillettes sans blesser personne. Alors pourquoi ?

Le virus de folie qui avait dévasté l'esprit des adultes une dizaine d'années plus tôt n'était donc pas mort ? Les enfants étaient-ils condamnés à l'attraper dès qu'ils grandissaient ? Fucker était presque un adulte... et il était mauvais. Fallait-il voir là la vérification d'un théorème des plus inquiétants ? C'était peut-être à cela que servaient les mouettes en définitive : à préserver les enfants de la malédiction de la méchanceté ?

David s'ébroua et tenta de chasser ces pensées nocives. Lorsqu'il s'éveilla, peu de temps avant l'aurore, il découvrit que les cahots l'avaient encore poussé au bord du vide. Il s'assit, frissonnant d'une peur rétrospective. Autour de lui les petits ronronnaient comme des chats. Collés contre le blindage, ils imitaient inconsciemment le bruit des moteurs. Dès qu'ils seraient réveillés, ils se mettraient à courir en tous sens, à se poursuivre, à escalader la tourelle, et Suzie passerait la journée à rattraper de justesse ceux qui seraient sur le point de tomber dans le vide. David savait que les cahots risquaient d'émietter progressivement le clan, et qu'à trop attendre on courait le danger de voir les enfants disparaître peu à peu, les uns après les autres, mais la solution du canon lui faisait peur.

Dans son esprit, cette intrusion dans les entrailles du Rinocérox ne pouvait se solder que par une catastrophe, il en avait le pressentiment. Chaque fois qu'il se représentait les efforts du gosse rampant dans le cylindre obscur du canon, il se sentait pris de suffocation. Allait-on faire encore appel au « rat » ? Non, le pauvre petit serait bien incapable d'une telle prouesse et ses nerfs céderaient avant même qu'il ait parcouru la moitié du chemin. Alors qui ?

Au cours de la journée il put constater que Fucker se posait la même question, et que – sous prétexte de bavardage et de jeu – il auscultait longuement les gamins. Il prenait bien soin d'insister sur l'honneur et les privilèges dont serait entouré le héros de l'aventure, et les gosses en rajoutaient, exigeant des droits absurdes, tel celui de « faire pipi sur la tête de n'importe qui »... Mais lentement, sûrement, l'idée faisait son chemin dans les esprits. On s'habituait à fixer l'orifice irisé de la bouche à feu. Après tout, c'était comme de ramper au long d'un tuyau, n'est-ce pas ? Qui n'avait pas, une fois dans sa vie, rampé par jeu au fond d'un vieux tuyau ? On avait fait cela des dizaines de fois... Oui, des dizaines de fois et on s'en était tiré sans une égratignure.

Les plus grands regrettaient d'être justement trop grands pour tirer parti de l'occasion. Seul un petit pourrait se glisser dans le puits d'acier du canon. Un petit dégourdi qui n'aurait pas froid aux yeux. Mais qui ? Personne ne s'était encore porté volontaire.

Dans les jours qui suivirent, on continua à espionner l'intérieur du char. L'oreille collée au blindage, les gamins s'amusaient à reproduire les bruits des machines au moyen d'onomatopées qu'ils ne cessaient de perfectionner. Cela donnait lieu à d'invraisemblables concerts de grognements et de cris.

***

Durant une semaine les nuits furent froides, et plusieurs enfants s'enrhumèrent. Les tout-petits pleurnichèrent en bafouillant que les messieurs qui habitaient dans le ventre du Rinocérox étaient méchants et pas partageurs. À plusieurs reprises, on put les voir marcher en procession jusqu'à la tourelle. Une fois arrivés, ils cognaient de l'index contre l'acier en chantonnant : « Toc-toc. Y'a quelqu'un ? Gentil Monsieur, laissez entrer un bébé qui a froid... »

Certains substituaient au mot « bébé » le terme « petit cochon », qui dans leur esprit, signifiait la même chose. Mais personne ne répondit, et comme on s'en doute, l'écoutille verrouillant la tourelle ne se releva pas.

« On roule vers une zone froide, dit pensivement Suzie. Si d'ici peu nous n'avons pas trouvé le moyen de nous abriter, nous crèverons tous de maladie. Fucker a raison, le seul moyen de s'en sortir c'est de pénétrer à l'intérieur du char, au chaud. »

Elle avait prononcé ces deux derniers mots avec une gourmandise douloureuse. David aurait voulu lui répliquer qu'on avait encore la possibilité de descendre au prochain arrêt de la machine, et de rebrousser chemin. C'était une solution qui en valait une autre, mais qui nécessitait l'un de ces brusques ralentissements du tank correspondant à un changement d'objectif. C'était seulement à ce moment-là qu'on pouvait se laisser glisser le long des échelons pour retrouver la plaine, quand la vitesse devenait pratiquement nulle au cours du demi-tour... Alors seulement on disposait de quelques minutes pour rejoindre la terre ferme, à condition toutefois de faire vite et de s'écarter aussitôt de la masse de fer en mouvement.

Oui, au prochain arrêt on pourrait revenir en arrière,

reprendre la vie d'avant... Mais la vie d'avant c'était aussi les mouettes, la menace venue du ciel... Ni Suzie ni Fucker n'opteraient jamais pour cette solution.

CHAPITRE X

La chose se produisit alors qu'on descendait une fois de plus le « rat » dans la soute aux vivres. Ce matin-là, le gamin était blême et claquait des dents comme si un pressentiment, un rêve nocturne, l'avait averti de ce qui allait se passer. Il paraissait plus maigre que jamais, et ses longs membres décharnés faisaient peine à voir. Debout à l'arrière, il pleurait, sans qu'aucun son ne sorte de sa bouche pourtant grande ouverte. Fucker le poussa d'une bourrade vers la trappe entrebâillée, et le garçonnet se laissa glisser le long du toboggan, les yeux fermés, les bras le long du corps, dans une position de gisant.

Comme à l'accoutumée, il resta longtemps prostré dans le noir, épiant les bruits de la cale et ignorant les injonctions de Fucker qui s'impatientait. Puis, tout à coup, il parut pris de véhémence et tapa du poing sur la tôle de la glissière pour qu'on le remonte.

« La bête ! criait-il dans son baragouin mal articulé, la bête vient ! Veux partir ! Le bébé veut partir ! »

Fucker l'insulta et le couvrit de menaces, mais David avait lui aussi repéré des bruits suspects montant de la trappe ouverte. C'étaient des cliquetis métalliques qui faisaient penser à des lames de ciseaux qu'on aurait ouvertes et fermées à toute vitesse. Cette sinistre musique s'accompagnait d'un bourdonnement de moteur de plus en plus proche. Il songea qu'au cours des derniers jours on avait tellement puisé dans la soute qu'on avait dû ouvrir des brèches au milieu des provisions entassées. Peu à peu la muraille de conserves qui avait un temps protégé l'enfant des incursions du robot s'était amenuisée. À présent le rempart aux créneaux émiettés ne lui offrait plus une protection suffisante... et l'automate s'approchait dangereusement, soucieux de capturer cette provision de chair fraîche qui viendrait heureusement agrémenter l'ordinaire du bord. « Ça va mal, souffla David, faut le remonter ! », mais Fucker gronda : « Ta gueule, c'est de la comédie ! Il a intérêt à faire son boulot ou je lui tanne la peau du cul ! »

Mais ce n'était pas de la comédie. Du ventre du char monta soudain l'écho d'une cavalcade et les cris apeurés de l'enfant. Il ne hurlait pas, non, il poussait de petits gémissements de chiot malade, comme s'il essayait d'attendrir son implacable adversaire. David l'entendit murmurer une ou deux fois : « Bébé, le bébé recommencera plus... Pitié, monsieur, c'est rien qu'un bébé qui avait faim... » puis la supplique fut cisaillée par un couinement de souffrance qui s'éteignit brusquement. Sans attendre l'ordre de Fucker, David tira sur la corde... mais il sentit tout de suite qu'elle était molle et qu'il n'y avait plus rien au bout. Lorsque le filin de suspentes tressées jaillit à l'air libre tout le monde put contempler les harnais, tranchés nets, et couverts d'un sang si rouge qu'il ressemblait à de la peinture.

David sentit la colère lui obscurcir l'entendement, il voulut se ruer sur Fucker mais Suzie s'interposa, le rejetant en arrière d'une violente bourrade dans la poitrine. Déséquilibré, David tomba sur les fesses. « Je le savais ! hoqueta-t-il en retenant mal ses larmes. Je vous avais prévenus !

– Et alors ? coupa Fucker avec un haussement d'épaules, il fallait bien bouffer, non ? »

David rampa vers la trappe pour essayer de voir ce qui se passait en bas, mais le toboggan plongeait dans la nuit, ne laissant rien deviner des mystères de la cale. Seules les parois d'acier lui renvoyèrent l'écho d'un travail régulier, à la fois chuintant et mouillé, comme peut en produire une lame taillant son chemin dans une pièce de viande bien tendre.

David sentit sa colère s'épuiser en une seconde, et une grande lassitude s'empara de lui, le laissant défait, le visage inutilement penché sur le puits de la soute. Les gosses bourdonnaient derrière lui, commentant l'événement. Un petit s'avança à quatre pattes pour toucher le harnais rougi du bout de l'index. Ayant trempé son doigt dans le sang, il le porta à sa bouche et fit la grimace en marmonnant : « Pas bon. » Cette oraison funèbre fit rire les marmots.

Fucker se gratta la tête, à la fois agacé et ennuyé par la tournure des choses. Il était à présent évident que personne ne voudrait plus descendre dans la cale et que le ravitaillement du clan allait poser un problème insoluble. Mais déjà les mioches venaient à la charge, exigeant de comprendre ce qui s'était passé. David prit la parole, leur expliquant que leur camarade avait été happé par un automate qui l'avait confondu avec une pièce de viande fraîche et l'avait stocké dans le congélateur du char sous forme de steaks prêts à cuire. Il s'appesantit volontairement sur les détails horribles, espérant mettre en garde les enfants contre les dangers de la cale, mais ceux-ci pouffèrent de rire à l'idée que le rat reposait désormais à l'intérieur d'un réfrigérateur, coupé en petits morceaux réguliers et prêts à passer à la poêle.

« Y'a tout ? s'enquit un petit. Ses oreilles ? Ses fesses ? Sa quéquette ? »

Cette hypothèse provoqua les « beurk ! » écœurés de ses camarades. Pour rien au monde, on n'aurait voulu manger des rondelles de « rat » fricassé, surtout si c'était pour trouver un morceau de fesse dans son assiette ! La rigolade supplantant les interrogations, David renonça à poursuivre ses explications. Il était manifeste que personne ne pleurerait l'enfant disparu. À cet instant Suzie le tira sèchement en arrière. « Tu essayes de leur faire peur ! lui reprocha-t-elle. Ça t'avancera à quoi quand nous crèverons tous de faim ? » David se dégagea, il ne voulait pas discuter avec Suzie, il avait peur, en s'énervant, de lui dire des choses désagréables, méchantes.

Comme il l'avait prévu, personne ne se porta volontaire pour prendre la succession du « rat ». Les mioches exigèrent même qu'on referme la trappe au cas où la bête des profondeurs viendrait à sortir de sa tanière pendant la nuit. On ne mangea rien ce jour-là, ni le lendemain, et les plus petits se mirent à pleurnicher, à taper du pied et à piquer de brusques colères. Fucker s'était retiré à l'arrière, maussade, rongeant son frein. Comme si le sort avait décidé de leur faire la nique, ils assistèrent un peu plus tard à un parachutage de vivres. Les corolles de nylon blanc soutenant les cylindres de ravitaillement passèrent mollement au-dessus d'eux et allèrent se poser quelque part de l'autre côté des collines, hors d'atteinte. À ce spectacle un tout petit perdit la tête et se mit à courir, les bras levés vers le ciel en criant « Miam-miam, veux miam-miam ! », avant qu'on ait pu faire un geste pour le retenir, il avait basculé dans le vide du haut de la machine et s'était écrasé sur le sol lézardé de la plaine, dix mètres plus bas. Le clan se massa à la poupe du char, l'œil fixé sur le petit tas de chair rose qui diminuait déjà à l'horizon, et les mioches – se conformant à une cérémonie de leur invention – agitèrent la main de concert en lui criant « Au revoir ! Au revoir ! »

***

Le soir du troisième jour, les affres de la faim torturaient véritablement le clan. Au cours des dernières semaines, on avait pris l'habitude de se régaler sans restriction, usant et abusant des conserves tirées de la cale. La plupart des enfants avaient du reste grossi. La nourriture abondante et la quasi-immobilité qu'imposait le territoire limité du char d'assaut avaient suffi à transformer en peu de temps ces jeunes louveteaux des plaines en de petits porcelets au ventre rebondi. La mort du « rat » avait sonné le glas de ces agapes, et la faim était revenue, plus terrible qu'avant, parce qu'elle permettait de mesurer ce qu'on avait perdu.

Alors que la nuit tombait, Fucker fit signe au clan de se rassembler autour de la tourelle au sommet de laquelle il prit place, assis en tailleur, comme un roi sur son trône.

« Faut pas se raconter d'histoires, attaqua-t-il en mâchant hargneusement les mots. Si on envoie quelqu'un d'autre dans la cale, il se fera aussitôt tailler en pièces. Mais faut se remuer le cul. Si on ne trouve pas vite le moyen de s'introduire dans le ventre du Rinocérox, on en sera bientôt réduit à tirer à la courte paille pour savoir qui sera mangé... »

Cette déclaration sema l'effroi parmi les mioches. Personne ne voulait servir de pot au feu aux copains. Terrifiés, les tout-petits se mirent à courir en cercle en piaillant qu'ils ne voulaient pas être coupés en morceaux et cuire avec les haricots. Cuire dans le jus ça devait faire mal, et puis le poivre devait vous piquer les yeux, bref, ils ne voulaient pas entendre parler de ça... Pour rien au monde.

Fucker tapa du poing sur le toit de la tourelle pour ramener le silence. « Y'a qu'un seul moyen de s'en sortir, tonna-t-il, c'est de s'introduire dans le char par le tunnel du canon. On en a déjà parlé, mais maintenant faut prendre une décision rapide, désigner un volontaire qui présente les caractéristiques physiques nécessaires à la mission. » Les gosses se renfrognèrent. Ne risquait-on pas de rencontrer, une fois dans la tourelle, une autre bête prête à vous couper en tranches ? Fucker s'impatienta et dut dessiner dans la poussière une esquisse grossière du char. Le poste de pilotage était isolé de la soute à ravitaillement, la nourriture préparée à la poupe était distribuée dans le quartier de manœuvre par l'entremise d'un tiroir qui délivrait des plateaux remplis de nourriture chaude. La « bête » qui avait transformé le « rat » en steaks crus, officiait dans cet espace étroitement délimité et n'en sortait jamais. Elle gérait les provisions, préparait les aliments, mais n'allait jamais rendre visite aux pilotes... En rampant au long du canon, on déboucherait dans la salle de commandes, c'est-à-dire une caverne de fer remplie de boutons et de manettes qu'il faudrait bien se garder de toucher, du moins dans les premiers temps. Le héros qui entreprendrait cette expédition n'aurait qu'à se laisser glisser dans l'habitacle, escalader le fauteuil du chef de char et déverrouiller l'écoutille.

Les mioches hochèrent longuement la tête. L'idée

d'une machine qui préparait la nourriture leur plaisait bien, s'il y en avait pour tout le monde on n'aurait plus à se battre autour du chaudron et à défendre le contenu de son écuelle contre la gourmandise du voisin.

« Y'en aura pour tout le monde, confirma Fucker. Et ceux qui veulent du rabiot pourront en réclamer autant de fois qu'ils le désirent, la machine obéira sans discuter. »

David jugea que le blondin simplifiait à outrance, mais il n'avait pas d'autre solution à proposer... sinon celle d'abandonner le char et de reprendre leur ancien mode de vie. Mais il était bien certain que personne ne le suivrait dans cette direction.

À présent, insista Fucker, il fallait choisir un héros parmi les enfants les plus minces du clan. Étant donné le diamètre de la bouche à feu il ne pourrait s'agir que d'un petit, mais le gosse devait être dégourdi et avoir de la force. On allait procéder sans tarder à cette sélection et répéter soigneusement les différentes phases de la manœuvre. Si tout se passait bien, on dormirait ce soir au chaud, le ventre plein, et personne ne courrait plus le risque d'être éjecté au cours de la nuit par les cahots.

La faim grandissante avait eu raison de la peur, et les mioches acceptèrent de bonne grâce d'être manipulés par Fucker et Suzie qui les examinèrent avec le plus grand soin. La jeune fille riait et plaisantait d'un ton un peu forcé, comme si tout cela n'était qu'un grand jeu sans danger. « Tu as déjà rampé dans un tuyau ? disait-elle à chaque gamin, et tu n'as pas eu peur...

– Non, assurait le môme, et même c'était un super grand tuyau, grand, grand... comme ça ! » et il écartait les bras à s'en démettre les épaules pour qu'on puisse bien mesurer l'ampleur de sa performance.

Au bout d'une heure, on avait isolé trois candidats possibles. Des garçonnets de six ou sept ans, minces comme des anguilles, mais aux muscles déjà durs. Ils affirmaient avec des trémolos dans la voix « ne pas avoir peur du tout », mais David se demandait quelle serait la réaction du gosse qui pénétrerait dans la tourelle quand il se retrouverait face à l'équipage squelette du char. Il attira Suzie à l'écart pour soulever le problème, mais la jeune fille le fit taire :

« Tu es idiot ou quoi ? siffla-t-elle, tu veux les terrifier dès le départ ? De toute manière, ils n'ont jamais vu de squelette, ils ne sauront même pas ce que c'est, ils prendront ça pour... une machine. »

Fucker s'était retiré à la poupe avec ses élèves. Il leur expliquait maintenant comment ramper à l'intérieur du canon, les bras en avant, en progressant par petites poussées.

« On vous enduira le corps avec la graisse qu'on garde pour les coups de soleil, disait-il, ça facilitera le frottement. De toute manière, au cas où vous seriez coincé, on vous attachera une ficelle aux chevilles, comme ça je n'aurai qu'à tirer pour vous ramener à l'air libre. Mais vous ne vous coincerez pas, vous êtes bien trop malins pour ça.

– C'est les filles qui se coincent, approuva l'un des mioches. D'abord, elles pourraient pas rentrer dans le canon, leurs nichons les empêcheraient de passer ! »

On rit beaucoup à cette bonne blague, puis l'on reprit l'entraînement. David se sentait de plus en plus mal à l'aise et redoutait une nouvelle catastrophe.

« Et s'il y a un obus dans la culasse ? souffla-t-il à Fucker pendant que celui-ci pissait, debout à la poupe, une main sur la hanche.

– Ça risque pas, rétorqua le blondin. Le canon n'est chargé que lorsque la cible est détectée par l'ordinateur. C'est une opération automatique qui demande à peine cinq secondes. Lorsque le char n'est pas en alerte rouge, le tube est vide, question de sécurité. On ne laisse pas un obus dans un tube de fer que le soleil chauffe toute la journée durant. Réfléchis un peu tête de nœud ! »

L'opération réclamant de la force, il fut décidé qu'on passerait à l'action sans attendre, car la faim risquait d'affaiblir le postulant et d'amoindrir ses réflexes. Fucker avait fixé son choix sur un garçonnet filiforme qui prétendait s'appeler Pip. Cela ne signifiait du reste pas grand-chose, car il arrivait que les gosses changent plusieurs fois de nom au cours de la même journée.

Pip fut escorté par tout le clan jusque sous l'embouchure du canon, là, Suzie tira de la besace collective le pot de graisse qui servait à soigner brûlures et engelures, et dont on s'enduisait parfois lorsque le froid devenait trop vif ou la pluie trop glacée. Pip se laissa frictionner avec plaisir, écartant bras et jambes sans cesser de sourire. Lorsque Fucker le souleva à bout de bras pour le hisser à la hauteur de la bouche à feu, l'assemblée le salua d'un triple « hourra », et David sentit son cœur se serrer. Tout de suite après, Pip enfourna sa tête dans l'orifice bleui du canon, et le clan retint sa respiration.

« C'est tout noir et on voit rien, déclara l'enfant, mais j'ai pas peur du tout. » Et il commença à ramper à l'intérieur du cylindre. Ses épaules disparurent, puis son torse, et durant une seconde seules ses jambes demeurèrent à l'extérieur, battant l'air pour aider à la reptation. David se fit la réflexion qu'ainsi englouti, le pauvre gosse avait l'air d'avoir été avalé par un énorme crocodile.

Pip fit encore un effort, puis disparut totalement dans le corps du cylindre. Tout le monde avait la tête levée et suivait avec attention les bruits de sa progression. On entendait crisser les ongles du garçonnet sur l'acier, cogner ses coudes ou son crâne lorsqu'il relevait trop brusquement la tête...

« Ça va ? interrogeait Fucker qui fixait le trou noir de la bouche à feu. Ça va ? » David s'était instinctivement rapproché. Des chocs sourds montaient de l'étroit tunnel. Dès qu'on haussait le nez à la hauteur du tube on était suffoqué par un relent de métal, de poudre brûlée et de cuivre chaud. C'était acide, corrosif, cela piquait les yeux. Tout au fond du canon Pip éternua. Le tuyau d'acier répercutait étrangement son souffle précipité, et si l'on approchait l'oreille on pouvait même surprendre les battements désordonnés de son cœur. Au bout d'un interminable quart d'heure, il parla, mais sa voix sortait mal, étouffée par la masse de son corps.

David crut comprendre qu'il gémissait : « Fait trop chaud... ça pique la gorge... peux plus respirer... » On détectait sans peine des signes de panique dans ses paroles, et les doigts de Fucker se crispèrent sur le métal du tube.

« Trop noir, haleta l'enfant, pas assez d'air, j'veux remonter.

– Mais non, coupa le blondin. Tu es presque arrivé, encore un effort et tu déboucheras dans la tourelle.

– J'peux plus avancer, gémit le gosse. C'est trop étroit. Le bébé est coincé... » Cette fois il pleurait. À une série de chocs sourds, on comprit qu'il essayait de se dégager, mais son corps faisait ventouse. En s'hyperventilant il augmentait le volume de sa cage thoracique, ce qui augmentait la pression de son torse sur les parois du cylindre. Bouchon de chair, il obstruait maintenant le canon, incapable d'avancer ou de reculer. L'écho strident de ses ongles griffant l'acier s'échappa de la bouche à feu, et les mioches rassemblés se bouchèrent les oreilles.

« Petit crétin ! ragea Fucker, décontracte-toi, respire

lentement, étire-toi au maximum ! »

Mais le garçonnet ne savait que répéter que « le bébé étouffait et que l'odeur de la poudre lui brûlait les poumons ». Il toussait, suffoquait, ne parvenant plus à reprendre sa respiration.

« Sors-le de là ! ordonna David en s'avançant. Tu ne vois pas qu'il est en train de s'asphyxier ? »

Fucker lui jeta un regard haineux, mais Suzie intervint timidement.

« David a raison, dit-elle, ramène-le à l'air libre, nous recommencerons un peu plus tard.

– Si vous voulez crever de faim, ricana Boum-boum, après tout ça vous regarde ! Moi ce que j'en disais... »

Il empoigna à deux mains la ficelle qu'on avait nouée aux chevilles de Pip et tira de toutes ses forces. L'enfant hurla, mais ne bougea pas d'un centimètre. Fucker blêmit et fit une nouvelle tentative. Écartelé, les chevilles sciées par le filin qui lui entamait la chair jusqu'à l'os, le petit garçon poussa un nouveau hurlement.

« Bordel ! haleta cette fois Fucker, il est coincé, le con ! »

Il eut beau recommencer, chaque traction supplémentaire arrachait une plainte déchirante au petit prisonnier sans le dégager d'un pouce. David serra les mâchoires en imaginant les pieds de l'enfant profondément entamés par les fils de nylon. Il n'avait aucune idée de ce qu'il aurait fallu faire pour lui venir en aide, et se rongeait les ongles sans même en avoir conscience.

Pip suffoquait, mais paraissait avoir renoncé à se débattre. Le manque d'air avait eu raison de ses forces, il se contentait désormais de gémir comme un chaton oublié sous la pluie. Fucker tenta à deux reprises de le tirer vers la bouche du canon, mais rien n'y fit. Les tractions brutales torturaient l'enfant sans parvenir à le déloger de sa prison.

« Ce petit crétin a dû prendre une position impossible, cracha Boum-boum. Je lui avais bien dit de rester droit comme une aiguille. Comment peut-on être aussi maladroit ? »

Un abattement intense s'était emparé du clan dont tous les regards fixaient la bouche à feu. Quand Suzie se mit à pleurer, la figure cachée dans ses mains, les mioches comprirent que la partie était perdue et qu'on ne pouvait plus rien pour Pip. David arpentait nerveusement le capot du tank, allant de la proue à la poupe, en quête d'une idée miraculeuse, d'un moyen, mais il ne trouvait rien. Le gosse était bien trop engagé à l'intérieur du cylindre pour qu'on puisse tendre le bras et le saisir par les pieds. Comme personne ne disait mot, on entendait distinctement le crissement des ongles du pauvre prisonnier sur le métal. Le bruit, qui avait d'abord été frénétique et insupportable, perdait de sa vigueur de minute en minute.

« Il est en train d'étouffer » constata David tandis qu'un grand froid lui tombait sur les épaules. Il ne savait pas au juste ce qui s'était passé, mais il imaginait que l'enfant avait succombé à une crise d'angoisse. Passé l'euphorie artificielle des premières minutes, il avait été submergé par l'étroitesse du cylindre, par l'obscurité qui régnait en ces lieux. David comprenait cela sans mal, pour sa part il aurait été incapable de s'aventurer en un tel endroit.

Levant le bras, il cogna sur l'acier du tube, mais Pip ne répondit pas. Les mioches l'imitèrent aussitôt. Tapant au hasard sur le blindage, ils chantonnaient : « Pip, t'es là ou t'es mort ? »

Fucker tira encore trois fois sur la ficelle de secours, puis Suzie posa la main sur son bras pour lui demander d'arrêter. David était de son avis, cela ne servait à rien de torturer ainsi le petit moribond.

On s'assit, découragé. Les enfants se grattaient la tête ou se curaient le nez. Peu habitués à réfléchir, ils ne savaient quelle attitude adopter.

« P'têtre qu'il fait semblant d'être mort ? hasarda l'un d'eux. En réalité c'est une ruse : il est entré à l'intérieur du Rinocérox, il est au chaud dans la caverne de fer et il mange la bonne nourriture chaude préparée par l'automate. Il n'ouvrira pas la trappe, il ne veut pas partager, c'est tout ! »

Cette hypothèse scandalisa l'assemblée enfantine, et tous entreprirent de maudire Pip qui comptait garder pour lui les trésors enfouis au cœur du char. David jugea inutile de les détromper. Comme il s'approchait de Suzie, il entendit Fucker déclarer : « C'est la merde, comment on va faire maintenant pour déboucher le tuyau ? Personne ne va vouloir faire une seconde tentative. Le temps que le cadavre pourrisse et que les os s'émiettent à l'intérieur du canon, on sera tous morts de faim depuis longtemps. »

Cette simple évocation mit David au comble de la fureur, oubliant la différence de taille et de poids qui existait entre Fucker et lui, il se jeta à la gorge du blondin, lui serrant le cou entre ses doigts crispés.

« Salaud ! hurla-t-il, Pip est en train de mourir à cause de ton idée foireuse et tu ne penses qu'à ton ventre ! »

Fucker se dégagea d'une bourrade, il était beaucoup plus grand que David et l'attaque ne l'avait renversé que parce qu'il ne s'y attendait pas.

« J'vais pas pleurer sur un petit crétin qui nous fout dans la merde ! rétorqua-t-il. Je pense au clan, moi, à sa survie...

– Alors, penses-y ! vociféra David en se redressant. Parce que la prochaine fois qu'une mouette s'approchera du char pour te régler ton compte, le radar la prendra dans sa ligne de mire pour la pulvériser, comme d'habitude, et tu sais ce qui arrivera ? *Le canon explosera parce qu'il est obstrué !* C'est toujours comme ça que ça se passe. Quand un canon est bouché, il éclate... Et la tourelle volera en éclats, et toute la réserve d'obus avec, et nous serons réduits en purée par la même occasion... »

David se tut, haletant, la gorge en feu d'avoir crié si fort. Tout le monde le regardait. Les mioches avaient cessé leurs bavardages pour l'écouter, c'était la première fois qu'ils faisaient attention à lui.

« Le canon, répéta-t-il d'une voix qui s'enrouait déjà. Il va nous péter à la gueule au prochain obus. C'est comme ça que les soldats, dans le temps, piégeaient les pièces d'artillerie : en les bourrant avec des pierres, de la boue qu'ils tassaient pour former un bouchon...

– Ta gueule ! aboya Fucker, tu racontes n'importe quoi. L'obus éparpillera le cadavre de ce petit con. Il rentrera dedans comme une lame dans la glaise.

– Non, s'obstina David. Il explosera et la tourelle sera mise en miettes. Les éclats nous éplucheront vifs, et pas un d'entre nous ne survivra. Il faut... il faut abandonner le char à la première occasion. »

Cette fois Fucker le frappa au visage, lui expédiant son poing en pleine face, et David tomba sur le dos, sonné, du sang plein la bouche.

Lorsqu'il rouvrit les yeux, Suzie était penchée sur lui et lui tamponnait le nez avec un chiffon mouillé. Debout sur la tourelle, Fucker discourait d'une voix discordante en agitant les bras.

« Tu l'as bien cherché, murmura la jeune fille avec indulgence, qu'est-ce que tu essayais de faire ? De fomenter une mutinerie ? »

CHAPITRE XI

Ce fut lorsqu'il essaya de se relever que David réalisa qu'il était attaché. On avait mis à profit sa brève période d'inconscience pour lui lier les mains derrière le dos et lui entraver les chevilles. Cette révélation le stupéfia et il écarquilla les yeux, suppliant Suzie de le libérer, mais la jeune fille détourna la tête d'un air gêné.

« Je ne peux rien faire pour toi, murmura-t-elle, Fucker a décidé de te punir, il dit que tu sèmes le désordre et que tu cherches à créer la panique pour prendre l'avantage sur lui. Tu resteras aux arrêts tant que tu n'accepteras pas de te soumettre à sa loi. »

Comme David allait protester, elle lui enfonça un morceau de chiffon dans la bouche et le bâillonna. Suffoqué par l'odeur et le goût de la loque poisseuse qui lui obstruait la gorge, le garçon se débattit sans réussir à se défaire de ses liens. Il finit par retomber sur le dos, hagard, pendant que les gosses le regardaient en riant, amusés par sa gesticulation.

Fucker avait cessé de parler. Les enfants dodelinaient de la tête, fatiguée, maussades. Une faim grandissante les torturait. Les plus petits, épuisés d'avoir trop longtemps pleuré, s'étaient réfugiés dans le sommeil. Entassés dans une déclivité du capot, ils suçaient leur pouce en frissonnant, et parfois l'un d'eux s'agitait, au bord du réveil, marmonnant une supplique incompréhensible. Fucker était descendu de la tourelle et arpentait le blindage. Il savait que le temps jouait contre lui. David l'observa pendant qu'il appliquait son oreille sur le fût du canon, cherchant à détecter un quelconque signe de vie émanant de l'enfant prisonnier. Comme il n'entendait rien, le blondin saisit à deux mains la corde de sécurité entravant les chevilles de Pip, et tira de toutes ses forces. Il y mettait tant de rage que David en fut secoué d'horreur. Il poussa un cri inarticulé que le bâillon étouffa... Par bonheur, la ficelle cassa, et Fucker tomba en arrière, se meurtrissant les omoplates sur les boulons du capot.

Le blondin se releva d'un coup de reins, furieux, le filin rompu à la main. Cette fois il n'était plus question pour lui de haler le cadavre à l'extérieur, Pip resterait ratatiné au fond du canon.

Surprenant le regard de David posé sur lui, Boumboum grimaça, et s'approcha du garçon ligoté pour lui expédier un coup de pied dans les côtes. « T'es content, hein ? aboya-t-il. Tu t'imagines que ça va te donner raison ? Mais personne ne t'écoutera mon pauvre vieux. Regarde-les ! Tu crois que tu arriveras à les convaincre d'abandonner le Rinocérox ? Tu te trompes. Ils sont devenus trop feignants pour marcher, la plaine ne les amuse plus... »

Se détournant, il réfléchit en se grattant la tête. Il allait et venait, efflanqué et méchant, écartant sans douceur les gosses qui avaient le malheur de se trouver sur son passage. Au bout d'un quart d'heure, il rassembla le clan et ordonna aux mioches d'explorer la croûte de sable durci qui recouvrait les parties creuses du capot. « Sur certains tanks, il y a des boîtes à outils fixées sur le blindage, expliqua-t-il, on trouvera peut-être quelque chose qui permettra de forcer l'écoutille de la tourelle. »

Les gosses maugréèrent, mais acceptèrent de creuser la gangue de poussière siliceuse accumulée dans les replis de la carapace. C'était un travail pénible qui leur mit vite les mains en sang. L'opération prit deux bonnes heures. On ne découvrit aucune boîte, seulement une pelle de fer maintenue en place par des crochets rouillés, et qu'on eut toutes les peines du monde à dégager. Fucker s'en saisit comme d'une épée et l'examina longuement, mais il était évident qu'elle ne serait pas assez résistante pour constituer un bon levier, si on l'engageait dans la rainure de l'écoutille, elle plierait sans parvenir à forcer la trappe. Les gamins observaient le blondin, espérant quelque illumination salvatrice qui les sauverait de la faim. Fucker allait et venait, tournant et retournant la pelle dans ses mains maigres et nerveuses.

David, à force de gigoter, s'était défait de son bâillon. Il cria pour dominer le tumulte. « Il faut descendre du char et rejoindre la plaine. Nous n'aurions jamais dû grimper sur le Rinocérox, c'était une erreur... »

Il ne put en dire plus car Fucker s'était rué en avant pour lui poser violemment la main sur la bouche, lui meurtrissant les lèvres.

« Connard ! haleta le blondin. Si je descends du char, je suis mort ! Les mouettes tomberont aussitôt des nuages pour me cramer la cervelle. Et puis pour descendre, il faudrait d'abord que le tank s'arrête... Personne ne peut prévoir quand ça lui passera par la tête. Si ça se trouve il va rouler comme ça, droit devant, pendant encore trois mois. Ça fonctionne avec du carburant solide ces engins-là, ça peut rouler des mois sans avoir besoin de refaire le plein. » Ayant rajusté le bâillon de David, il se tourna vers le clan.

« N'écoutez pas ce trouillard, siffla-t-il. Le Rinocérox fonce pleins gaz vers le nord. Si quelqu'un essayait de sauter en marche il se tuerait, vous le savez tous aussi bien que moi. Vous avez vu ce qui est arrivé aux mioches qui sont tombés du capot ? Il n'y a pas trente-six solutions, il n'y en a qu'une : quelqu'un doit descendre dans la soute de ravitaillement avec cette pelle et essayer d'affronter l'automate dépeceur... »

Les enfants se jetèrent des coups d'œil perplexes. Personne n'avait envie d'aller jouer les gladiateurs au fond de la soute à vivres. Tous avaient encore dans les oreilles le bruit de cisailles qui avait précédé de quelques minutes la disparition du « rat ».

La nuit tomba sans qu'un volontaire ne soit sorti des rangs. Fucker écumait de colère. « Vous l'aurez voulu, menaça-t-il, demain on tirera l'un d'entre vous au sort, et on le fera cuire ! »

Parlait-il sérieusement ? David fut incapable de le déterminer, mais les mioches prirent peur ; les petits surtout qui cherchèrent vainement à se cacher dans les déclivités du capot. Dans le brouhaha étouffé des palabres enfantines, David entendit soudain quelqu'un qui hasardait : « P'têtre qu'on devrait faire comme David a dit ? Si on quittait le char, on pourrait reprendre la vie d'avant. Après tout les mouettes, c'est des affaires de grands, on n'est pas concernés. On n'est que des bébés... »

Suzie allait de groupe en groupe, essayant de discuter avec les gosses et de vaincre leur appréhension, mais elle argumentait d'une voix hésitante et ses démonstrations manquaient d'assurance. « On a peur d'aller dans la soute, lui objecta un petit garçon aux cheveux roux. On va être coupés en morceaux, c'est sûr. C'est une idée débile d'essayer de rentrer par là. Et puis découper un bébé en tranches c'est horrible, y'a qu'un adulte qui pourrait faire des choses comme ça. »

Fucker, à qui l'échange n'avait pas échappé, s'approcha de David pour lui expédier un coup de pied dans les côtes : « Salopard de dégonflé, cracha-t-il entre ses dents serrées, c'est toi qui leur as foutu ces idées-là dans la tête. Tu les as commandés trop longtemps, t'en as fait des gonzesses ! »

***

La nuit s'installa. Il faisait froid et le char roulait vite, accentuant par là-même la morsure du vent. Pour comble de malchance, on se déplaçait sur un terrain boueux, semé de grandes flaques d'où montait une désagréable odeur de marécage. L'humidité collait à la peau, pénétrant peu à peu les os des dormeurs agglutinés autour de la tourelle.

Soudain, alors qu'il commençait à s'assoupir, David sentit qu'on le poussait vers le bord. Deux mains sèches l'avaient saisi aux chevilles et le tiraient vers l'arrière de la machine. Avant qu'il ait eu le temps de réaliser ce qui se passait, la voix de Fucker lui chuchota à l'oreille : « Les mutins, voilà ce que j'en fais, moi. Bon voyage, cureton de mes deux ! »

Puis ce fut la chute, interminable. Alors seulement David comprit que Fucker Boum-boum venait de le jeter par-dessus bord.

Il frôla les engrenages énormes entraînant le train chenillé et tomba à quelques centimètres seulement des plaques d'acier laminant le sol. Ce fut la boue qui le sauva. Si le char s'était déplacé sur un terrain rocheux ou sur la terre cuite et fissurée du désert, il se serait rompu les os, brisé le cou ; heureusement, le Rinocérox patinait en zone fangeuse, et l'élasticité de la glaise détrempée absorba l'onde de choc. David s'abattit au beau milieu d'une flaque et s'enfonça de plusieurs centimètres dans la gadoue. L'impact fut rude, mais il ne perdit pas connaissance. Pendant quelques secondes, il fut terrifié à la pensée que le char pourrait tout à coup faire demi-tour et l'écraser avant qu'il ait eu la possibilité de se relever. Mais le bruit des moteurs allait en décroissant. Le Rinocérox s'éloignait déjà, avalé par les ténèbres, continuant sa course absurde à travers le monde.

David essaya de s'asseoir. Il était véritablement englué dans la glaise et ses mains liées ne lui facilitaient pas la tâche. Tous les sentiments confus qui l'assaillaient se trouvaient de loin dominés par la stupéfaction d'être encore en vie au terme d'une chute de dix mètres. Jusqu'à présent, tous ceux qui étaient tombés du char s'étaient fracassé le crâne en touchant le sol, ou bien avaient été happés par les engrenages des chenillettes et immédiatement transformés en charpie.

Il se releva enfin, précautionneusement, guettant la douleur d'une possible fracture, mais il était entier. Dolent, meurtri, mais entier. S'extirper de la mare ne fut pas une mince affaire. Aveuglé par les ténèbres, il finit par buter sur une roche au pied de laquelle il se laissa tomber. Il était trempé et grelottait. Il décida d'user ses liens contre la pierre en attendant le jour, ce qui lui coûta un peu de peau et de sang.

Une heure avant l'aurore il s'endormit, épuisé, puis le vent glacé le réveilla. La boue avait en partie séché sur lui, le transformant en statue d'argile. Lorsqu'il se releva, cette croûte se craquela à la hauteur de ses articulations. Un petit jour gris écrasait la plaine marécageuse, nulle part à l'horizon on ne surprenait la moindre trace de vie. David fut terrifié à l'idée de se retrouver soudain seul, jamais il n'avait connu une telle situation. Les visages de Suzie, d'Antonin, ceux des mioches, le submergèrent, creusant en lui un vide insupportable. Il cria, supplia, mais sa voix résonnait dans l'immensité des tourbières, et il eut tout à coup si peur qu'il préféra se taire.

Il savait qu'il devait bouger, mais il n'arrivait pas à décider quelle direction prendre. Marcher dans le sillage du char c'était aller vers le nord, vers le froid, la pluie, mais c'était aussi conserver un lien avec le clan. Un lien peut-être illusoire, mais qui lui permettrait de ne pas se sentir orphelin...

Instinctivement il chercha à retrouver les traces des chenilles dans la boue du sol, hélas la glaise s'était refermée, l'eau avait comblé les trous, il avait suffi d'une nuit pour effacer la trace du mastodonte. Il décida de s'en remettre à son instinct et partit dans la direction qu'avait empruntée le char la veille au soir, mais il manquait de points de repères et s'écarta vite de la ligne initiale. Il mourait de faim et soif ; l'eau tout autour de lui avait un répugnant goût de terre et les champignons qui poussaient çà et là avaient trop vilaine figure pour qu'on se risque à les manger.

Il continua à avancer, malade d'épuisement, ses jambes le portant à peine. Après tout ce temps passé vautré sur le capot du Rinocérox, ses muscles s'étaient amollis et l'effort de la marche lui parut rapidement insupportable. Il ne cessait de penser à Fucker, aux enfants. Le blondin allait-il mettre ses menaces à exécution ? Allait-il vraiment tirer l'un des bébés au sort pour le manger ? David songea qu'il avait été stupidement humain. Pourquoi l'idée ne lui était-elle pas venue de profiter du sommeil de Boum-boum pour le jeter par-dessus bord ?

Remâchant ces pensées, il traversa un long territoire fangeux où ses pieds menaçaient de s'engluer à chaque pas. Il titubait, miné par la faim. À deux reprises, il tomba de tout son long dans la boue et faillit se noyer dans des trous de vases qu'il n'avait pas su repérer.

Un peu avant le soir il aperçut une fumée qui montait de derrière une crête rocheuse. C'était un panache de suie qui sentait le kérosène et que le vent tordait. David rassembla son courage et força l'allure. Ayant contourné les pierres il découvrit un véhicule blindé renversé sur le côté, et d'où s'échappaient des volutes âcres. Les flancs de l'engin étaient criblés de trous, lacérés par les éclats. Poussé par l'idée qu'il pourrait peut-être récupérer quelque chose à manger à l'intérieur de l'épave, David se glissa dans la déchirure de la carrosserie. Il déboucha au milieu d'une demi-douzaine de squelettes effondrés, pêle-mêle. Tous portaient une tenue de combat jaunie par le temps, un casque oxydé, et en bandoulière un fusil d'assaut dont les parties métalliques étaient soudées par la rouille. Une lumière rouge clignotait sur le tableau de bord de l'engin, sans doute un signal d'alerte, une balise émettrice qui s'était déclenchée au moment où le half-track avait été renversé par l'explosion. Qui l'avait foudroyé ? Un avion fantôme sûrement. L'un de ces appareils qui sillonnaient le ciel en pilotage automatique et piquaient sur les cibles repérées par leurs détecteurs...

David fouilla, glissa la main dans le havresac des squelettes, mais les rations avaient pourri sous l'effet de l'humidité. Elles s'émiettèrent entre ses doigts dès qu'il y toucha. Il s'assit au milieu des morts, désespéré, transi de froid. L'absurdité de ce qui venait de se passer l'anéantit : un avion fantôme, dont la carlingue était occupée par un mort, était tombé des nuages pour mitrailler un camion somnambule transportant une patrouille de squelettes ! Les machines ne renonceraient donc jamais ?

David éternua, il grelottait. Une étrange envie de mourir montait en lui. Il se demanda quel effet cela ferait de dégoupiller l'une des grenades suspendues à la ceinture du squelette étendu entre ses pieds. Est-ce qu'on avait le temps d'avoir mal quand la flamme vous enveloppait ?

Alors qu'il retournait cette pensée dans sa tête, un chuintement métallique emplit l'air. David se figea. C'était là le bruit d'un hélicoptère, un gros hélicoptère de l'armée, il était prêt à le parier. Il s'immobilisa, n'osant plus sortir de peur d'être mitraillé. D'un seul coup, le souffle lui manqua. Risquant un œil par une déchirure de la tôle, il distingua la silhouette d'une libellule d'acier dont le flanc s'ornait d'une grande croix rouge sur fond blanc. L'appareil s'était posé à cinquante mètres à peine de l'épave, et son souffle faisait vibrer les tôles de l'half-track. Quelque chose était en train de descendre de l'engin, des automates qui portaient des civières et s'avançaient en ronronnant. David recula au fond du camion. C'était vers lui que se dirigeaient les robots. Prévenus par la balise, ils venaient porter secours aux soldats blessés par l'accrochage.

Sa fatigue envolée, David ne pensait plus qu'à prendre ses jambes à son cou et à s'enfuir, mais déjà les automates entraient dans l'épave. Avec des gestes précis et cliquetants, ils se saisirent du premier squelette, le posèrent sur la civière, et prirent la direction de l'hélicoptère.

Sidéré, David observa leur curieux manège. Les robots infirmiers travaillaient vite et bien, allant et venant, emportant chaque fois un nouveau squelette sur la toile moisie de leur brancard.

Obéissant à une impulsion qu'il n'aurait su expliquer, le garçon saisit le casque de l'un des morts, s'en coiffa, puis, d'un geste rapide, vola la plaque d'identité pendue au cou du cadavre. Ces larcins accomplis, il s'allongea sur le sol, les bras le long du corps. Le cœur battant à tout rompre il vit revenir les brancardiers métalliques. Les robots se saisirent de lui avec une grande douceur et le déposèrent sans hésiter sur la civière, comme ils l'avaient fait pour les autres occupants du camion. David se mordit les lèvres pour contenir le rire nerveux qui montait en lui. Deux minutes plus tard, on le chargeait dans le ventre noir et sonore de l'hélicoptère. Les automates firent encore deux allers-retours puis la porte à glissière se referma automatiquement, le rotor fouetta l'air. L'appareil s'arracha à la boue et prit rapidement de l'altitude. David n'osait bouger. On l'avait étendu sur le sol, entre deux squelettes, et il essayait de rivaliser d'immobilité avec eux. Il n'avait aucune idée de l'endroit où on l'emmenait.

TROISIÈME PARTIE

Compagnons silencieux

CHAPITRE XII

L'hélicoptère s'élevait rapidement tandis que le brassement des pales faisait trembler l'habitacle. Les robots-brancardiers attendaient, leurs leds clignotant au ralenti dans la pénombre. David s'agrippait au plancher caoutchouté de tous ses ongles, terrifié à la pensée qu'il se trouvait maintenant dans les airs... à des centaines de mètres au-dessus du sol. Suspendu. Le vertige lui faisait tourner la tête et il devait lutter contre l'envie de se rouler en boule qui s'emparait de lui. Il faisait sombre dans le ventre de l'appareil autoguidé, mais à travers le hublot perçant la porte coulissante on distinguait le ciel d'un beau gris lumineux, ainsi qu'un nuage solitaire, épais, compact, qui flottait tout seul au milieu de l'immensité céleste. C'était vers cette montagne de fumée blanche que grimpait l'hélicoptère, comme s'il comptait y plonger. David s'en étonna, il avait d'abord pensé qu'on atterrirait dans une base perdue au cœur du désert, une installation semblable à celle qu'il avait lui-même découverte par hasard, et voilà qu'on montait de plus en plus haut... Au fur et à mesure qu'on se rapprochait de la nuée, le garçon prit conscience de la texture anormale du cumulo-nimbus. Les volutes avaient quelque chose de factice. Il n'aurait su dire quoi, mais il eut soudain la certitude que s'il avait tendu le bras à l'extérieur pour l'enfoncer dans la masse de vapeur blanche il aurait touché un amalgame gluant, comme un brouillard de molécules caoutchouteuses en suspension dans l'air.

D'un seul coup, l'évidence l'aveugla : le nuage était faux... Ce n'était qu'un décor pulvérulent pulsé par des turbines pour masquer une station secrète immobilisée en vol géostationnaire. Un maquillage technologique dissimulant une base secrète indétectable depuis le sol.

Déjà l'hélicoptère des services médicaux plongeait dans cet amalgame spongieux, louvoyant entre les boursouflures de brume pour trouver le chemin de la plate-forme d'atterrissage. David aurait bien aimé se lever, courir au hublot pour assister à la manœuvre, mais il n'osait bouger. N'était-il pas censé jouer les blessés graves ? L'hélico toucha enfin une surface solide, et le brusque contact avec la piste fit cliqueter les squelettes. Aussitôt la porte s'ouvrit et le déchargement des « blessés » commença. Une dizaine d'autres robots attendaient devant l'appareil, remorquant des tables roulantes et des brancards. On avait peint sur leur ventre de métal une grande croix rouge sur fond blanc qui commençait à s'écailler. La plupart d'entre eux ressemblaient à des boîtes de conserve montées sur train chenillé. Ils étaient munis de deux paires de bras articulés dont ils faisaient usage avec beaucoup de dextérité.

Malgré sa curiosité David s'obligea à fermer les yeux pour jouer son rôle jusqu'au bout, si bien qu'il ne vit rien des installations logées au cœur du nuage artificiel. On l'emporta, couché sur une civière, au long de couloirs sonores et interminables. Pendant qu'on le portait, une douce voix féminine sortit d'un haut-parleur pour murmurer : « Bienvenue à l'antenne médicale 423. Détendez-vous, vous êtes entre de bonnes mains. Vous trouverez ici les meilleurs chirurgiens cybernétiques de toutes les forces armées. Souriez, dans quelques jours vous serez sauvé, car il n'existe pas pour nous de cas désespéré. Tout soldat qui franchit cette porte est immanquablement remis sur pied, même s'il nous est parvenu amputé des deux jambes. Telle est notre devise... Souriez, braves petits gars, le pays est fier de vous. Bienvenue à l'antenne médicale volante 423. Ne soyez pas inquiet, vos problèmes individuels seront considérés avec la plus grande attention. Nous possédons les meilleures unités chirurgicales des forces armées... Prenez votre mal en patience et ayez confiance... confiance... »

David savait qu'il s'agissait d'une voix enregistrée, en conserve pour ainsi dire, mais elle était si douce, si bienveillante, qu'une grande chaleur monta en lui.

Dans les dix minutes qui suivirent, il fut dénudé, lavé, emballé dans une chemise de grosse toile, et couché sur un lit aux draps frais. Toutes les manipulations avaient été effectuées par des automates bien huilés et aux gestes précautionneux. David ouvrit les yeux à l'instant même où il touchait la surface du matelas. C'était la première fois qu'il s'étendait sur un lit et la sensation de bien-être qu'il éprouva faillit le faire crier de surprise.

Il demeura étendu sur le dos tandis que les robots allaient et venaient, installant çà et là les autres blessés. Quand l'agitation se fut un peu calmée, David se redressa sur un coude et examina les lieux. Il se trouvait dans une salle gigantesque et blanche qu'éclairait une verrière diffusant la lumière du nuage. De part et d'autre de la travée centrale s'alignait une bonne centaine de lits aux draps propres et parfaitement bordés. Dans chacun de ces lits était couché un squelette dont les orbites vides fixaient le plafond avec quelque chose de cette patience infinie dont parlait la douce voix du haut-parleur.

David comprit immédiatement qu'il était le seul être vivant au milieu de tous ces compagnons silencieux abîmés dans la même méditation, et il eut l'impression d'être un passager clandestin entré en fraude dans la cale d'un paquebot. Cependant, il n'éprouvait aucune crainte. Il n'avait pas peur des squelettes, il savait bien que ces pauvres emboîtements d'os blanchis ne pouvaient lui faire aucun mal. Il fut même heureux de leur présence, car il aurait détesté se retrouver tout seul au centre de cette interminable salle de soins. Oui, il était content de la présence des squelettes, et il songea que les morts étaient contents, eux aussi, d'avoir enfin une compagnie humaine qui les distrairait du va-et-vient monotone des robots.

L'adolescent se rallongea tandis que la voix murmurante du haut-parleur entonnait une nouvelle fois son discours de bienvenue. *Aucun cas n'est pour nous désespéré,* répétait-elle, *aucun cas. Patience et confiance... Patience et confiance....*

Engourdi par la tiédeur du lieu et la mollesse du lit, David s'endormit. Ce furent les manipulations d'un robot-infirmier qui le réveillèrent. Les palpeurs caoutchoutés de la machine se promenaient sur sa poitrine et son crâne, sondant son organisme. Un lecteur optique déchiffra la plaque d'identité que le garçon avait pris la précaution de dérober à l'un des cadavres dans l'épave du half-track. « *Matricule 789, première classe Waslow Kodeck, Forces terrestres de l'alliance Nord. 501ème bataillon de reconnaissance blindée,* énonça une voix artificielle, *pas de blessures véritables. Scarifications et écorchures multiples. Faiblesse générale résultant d'une mauvaise alimentation. Signes de déshydratation avancée. Le cerveau paraît celui d'un enfant de douze ans. Sans doute s'agit-il d'un cas typique de régression mentale dûe à un traumatisme psychologique.* »

Le diagnostic se poursuivit en des termes que David ne comprit pas. Puis la machine s'éloigna pour ausculter le malade suivant. Ayant rapidement palpé le squelette voisin, elle se contenta d'énoncer de la même voix monotone : *État stationnaire... Pas d'amélioration visible, le traitement devra être poursuivi...*

David se cacha la tête sous les draps pour ne pas pouffer de rire. Le robot n'en continua pas moins son manège, visitant tous les lits, prenant le pouls de tous les squelettes présents, et décrétant chaque fois leur « état stationnaire ». Ce rituel interminable permit à David de comprendre pourquoi le robot parlait à haute voix, c'était pour que son diagnostic soit engrangé dans une sorte de machine enregistreuse placée au pied de chaque lit. Sa visite terminée, l'automate disparut entre les portes battantes et le silence retomba sur la grande salle commune. David se réinstalla au creux de ses oreillers. Il faisait chaud, il faisait bon. Il était bien.

Un quart d'heure plus tard, le repas fut servi par une légion de robots-garçons de salle. Ils se déplaçaient rapidement sur leurs chenilles caoutchoutées et déposaient sur chaque lit un plateau nickelé aux alvéoles remplis de nourriture. David se jeta sur les aliments qu'il engouffra avec une voracité d'ogre. La nourriture était fraîche, et l'adolescent n'en laissa pas une miette. Engourdi par la digestion, il s'allongea avec l'intention bien arrêtée de faire la sieste tandis que les automates emmenaient les plateaux auxquels les autres « malades » n'avaient pas touché. Encore une fois le silence se réinstalla, seulement troublé par le doux frottement du vent sur les arêtes de la verrière. David dormit d'un sommeil sans rêve, bien étendu sur le dos, les bras le long du corps, la couverture tirée jusqu'au menton. Jamais il n'avait connu un tel état de bonheur viscéral, une joie béate proche de l'engourdissement des sens, de l'abolition du corps. Pour la première fois depuis longtemps, son organisme ne se manifestait pas à lui par des sensations de faim, de froid, de douleur, de fatigue... Repu, il coulait, s'enfonçant avec délectation dans les eaux du néant.

Il n'ouvrit les paupières qu'à l'heure de la distribution des remèdes. Là encore, un automate se déplaça de lit en lit, glissant dans la bouche des malades des pilules colorées qui tombaient une à une d'un fin tuyau translucide. David les goba sans faire de difficulté. Elles lui laissèrent un goût de sucre sur la langue.

« Dormez bien mes petits gars, chuchota la voix féminine qui sourdait du haut-parleur. Vous allez maintenant passer une bonne nuit sans douleur, sans cauchemar. J'espère que demain vous aurez meilleur appétit, car on me signale que la plupart d'entre vous ont encore chipoté au dîner. Ce n'est pas bien. Il faut manger pour que les forces vous reviennent. Il faut... »

Mais David avait cessé d'écouter. Il dormait déjà à poings fermés.

***

Il mena cette vie de rêve pendant trois jours pleins. Mangeant et dormant sans se soucier de rien, puis il commença à se lever pour arpenter la salle commune.

Il avançait à petits pas, passant les squelettes en revue. De temps en temps, il appuyait sur le bouton de la fiche de santé magnétique fixée au pied de chaque lit, et l'enregistrement lui restituait alors l'historique du malade. Tous étaient considérés comme *gravement atteints, en état stationnaire, mais non désespéré*. La litanie ne variait jamais, d'un lit à l'autre elle demeurait aussi stupidement optimiste, comme si ces squelettes desséchés depuis dix ans possédaient encore une bonne chance de voir leur « maladie » régresser. Un court-circuit s'était produit quelque part, à n'en pas douter, et l'ordinateur régissant l'antenne médicale n'était manifestement plus capable d'apprécier la gravité des cas qui lui étaient soumis. Jadis programmé pour sauver coûte que coûte les combattants les plus atteints, il continuait à appliquer cette règle de conduite, en dépit de toute logique, s'épuisant à soigner des morts dont la peau, les os, les viscères, étaient depuis longtemps retournés à la poussière.

En soulevant le drap qui recouvrait l'un de ses compagnons de salle, David aperçut entre les côtes du squelette un véritable amoncellement de pilules multicolores. Il y en avait des centaines qui, dose après dose, s'étaient additionnées au fil des distributions de médicaments jusqu'à former un tapis bruissant aux couleurs chatoyantes sur toute la surface du lit.

L'adolescent commençait à s'habituer à sa nouvelle résidence et l'envie d'en découvrir les limites le taraudait chaque jour un peu plus. Il avait appris qu'il n'avait rien à redouter des infirmiers-robots. Le découvrant debout, ceux-ci l'avaient ausculté et décrété qu'il était tout à fait apte à la promenade. Pour qu'il n'attrape pas froid, ils s'étaient même empressés de lui donner un pyjama, une robe de chambre kaki et des pantoufles. Les vêtements étaient bien trop grands pour David, et il avait dû les raccourcir en enroulant jambes et manches. Seule la robe de chambre demeurait immense, traînant derrière lui comme la cape d'apparat d'un quelconque souverain. En règle générale les automates s'adressaient rarement aux malades. Les tentacules de leurs palpeurs mesuraient la propreté des draps, sondaient les bassins, refaisaient les lits lorsque cela se révélait indispensable. Les autres pensionnaires de la salle commune étant dans l'ensemble extrêmement calmes, les machines en étaient peu à peu venues à s'occuper exclusivement de David, seul malade qui daignait manger, remplir son urinal, et saccager sa couche en s'agitant. L'adolescent avait l'impression d'être poursuivi par une légion de serviteurs empressés, perpétuellement soucieux d'assurer son bien-être. C'était amusant, et aussi un peu agaçant.

Ayant récupéré ses forces, l'adolescent décida d'entreprendre l'exploration de l'hôpital volant camouflé. Il n'eut aucun mal à dénicher le solarium, les automates étaient là pour le guider. C'était étrange d'avancer au long de ces couloirs interminables, d'entendre claquer ses pantoufles sur le sol, et de penser qu'on n'était pas sur la terre, mais bel et bien suspendu dans le vide, à des centaines et des centaines de mètres au-dessus de la plaine... La base, stable, ne bougeait jamais d'un centimètre et aucune oscillation ne trahissait sa nature de machine en vol stationnaire. Lorsqu'on jetait un coup d'œil par un hublot, on ne voyait qu'un brouillard blanc, qui occultait le paysage.

Quand David poussa la porte du solarium, il eut le souffle coupé. La lumière blanche, filtrée, du nuage entrait à flot par la verrière d'un immense dôme renforcé de nervures d'acier. Elle se déversait sur une plate-forme au plancher de pin verni où se trouvaient alignées des dizaines de chaises longues. Sur chacune de ces chaises, un squelette en peignoir prenait le soleil, des lunettes noires posées en équilibre sur l'os nasal. La lumière était si éclatante que toutes les calottes crâniennes scintillaient comme de l'ivoire sous le soleil. Des automates allaient et venaient entre les transats. Distribuant des jus de fruits et des magazines décolorés. Une musique douce flottait dans l'air, diffusée par un haut-parleur à la grille rougie d'oxydation.

David hésita, puis s'installa sur un fauteuil de plage dont la toile avait perdu toutes ses couleurs. Un robot vint aussitôt poser sur ses genoux une pile de revues, un gobelet de carton rempli de jus d'orange et une paire de verres fumés. David clignait des paupières, ébloui par la luminosité du dôme. De l'autre côté de la baie vitrée, le spectacle était magnifique. On ne voyait rien de la terre, et le seul paysage qui s'offrait au regard était celui du nuage artificiel avec ses volutes, ses montagnes de brouillard solidifié, mais cette vue suffisait à captiver l'attention la plus blasée.

Jamais David n'avait vu pareille chose, et il haletait en embrassant le panorama de fumée qui lui faisait face. C'était comme un continent neigeux en suspension dans l'air, une banquise molle affranchie de la pesanteur, une montagne flottante, à la fois énorme et pesant moins qu'une plume. On distinguait des pics, des vallons, des crevasses, des glaciers, des couloirs d'avalanche. C'était mou, poudreux, et d'une pureté infinie, cela donnait envie de s'y vautrer, de s'y ensevelir, d'y plonger les bras ouverts... Les yeux brûlés par la réfraction, le garçon se décida à poser sur son nez les lunettes filtrantes apportées par le robot. Un mot tournait dans sa tête : la neige, la neige, la neige.... Et c'était comme une formule magique qu'il ne comprenait pas lui-même, un très ancien souvenir surgissant de sa petite enfance, une image pâlie émergeant du temps d'Avant...

Incapable de rester en place il se leva et marcha jusqu'à la barrière défendant la paroi du dôme. Il aurait soudain voulu découvrir une porte permettant d'accéder à l'extérieur... Une ouverture qui lui aurait permis d'aller gambader dans la neige, de glisser au long de ces pentes interminables. « Idiot ! se répétait-il, c'est de la fumée, si tu mettais le pied dehors tu te casserais la gueule. Ce n'est pas de la neige, c'est seulement une espèce de brouillard caoutchouteux et merdique. Un camouflage ! »

Mais rien n'y faisait. La raison ne parvenait pas à crever la baudruche de l'illusion, et il restait là, bouche bée, dans sa robe de chambre trop grande, les pieds perdus dans d'énormes pantoufles. Les compagnons silencieux regardaient tous dans la même direction que lui, comme s'ils partageaient son hypnose, comme si le spectacle du nuage leur avait fait oublier l'éternité de leur convalescence.

David recula, titubant, ivre de lumière et de blancheur. Il se laissa tomber sur la chaise longue dont la toile gémit. La tête lui tournait. Il ferma les yeux pour essayer d'oublier l'appel des montagnes de brume laiteuse, pour se retrouver enfin à l'étroit chez lui, dans sa tête.

Sa fatigue était revenue, d'un coup, l'aplatissant au fond du transat, lui brisant les membres, et il se laissa aller, dolent, plein d'un épuisement bienheureux, comme au terme d'une course folle dans la neige...

La chaleur du dôme l'engourdit et il ne fit rien pour résister. Autour de lui le souffle de la climatisation faisait frissonner les pages des magazines, et l'on avait l'impression que les squelettes occupés à bronzer feuilletaient d'un doigt distrait les journaux posés sur leurs rotules.

David reporta son attention sur la revue qu'on lui avait distribuée un instant plus tôt, mais les vieilles pages craquantes avaient été mangées par la lumière trop vive, et seules subsistaient çà et là des taches sombres dans lesquelles on pouvait voir des bouches ou des yeux de femmes. C'était tout. L'orangeade était fraîche, parfumée. David la but d'un trait.

L'idée... l'idée qui l'avait assailli là-bas, au cœur de la base fantôme, tournoya tout à coup dans sa tête comme une mouette renifleuse cherchant sa cible. Il songea... Il songea que ce serait bon de rester là à jamais, de grandir ici en paix, loin de la peur, de la faim et de la cruauté. Oui, ici, en toute quiétude, au milieu des compagnons silencieux.

CHAPITRE XIII

Il passait beaucoup de temps à l'intérieur du solarium, laissant son regard se perdre dans la géographie moutonneuse du nuage. Il ne pensait à rien. Il lui plaisait de ne penser à rien. Dans un chuintement caoutchouteux, les robots lui apportaient des sodas et des sucreries qu'il engloutissait. Il grossissait, son visage aux joues creuses s'arrondissait. Les lunettes noires sur le nez, il continuait à chercher sur la paroi du dôme une porte ouvrant sur l'extérieur, une porte qui lui permettrait d'aller jouer dans la neige... De temps à autre, des mouettes de fer crevaient la nuée et voletaient de l'autre côté de la verrière, égarées, puis elles replongeaient dans le brouillard et disparaissaient.

David réalisa qu'il devait se secouer, rompre le charme qui le tenait là, figé sur son fauteuil de plage, sinon... Sinon il risquait bel et bien de trouver un jour cette porte ouvrant sur l'extérieur, et de l'ouvrir pour aller se promener dans le vide... Cela se passerait presque à son insu, à la faveur de l'engourdissement bienheureux qui lui paralysait l'esprit. Ce serait comme un rêve, une promenade de somnambule. Une chute sans fin.

Pour combattre le mal, il reprit son exploration de la base, traînant ses pantoufles trop grandes à travers le dédale des couloirs. C'est ainsi qu'il découvrit la salle de contrôle. C'était une rotonde aux parois tapissées d'écrans bleuâtres diffusant des images brouillées et tremblotantes. Certaines de ces images étaient fixes, d'autres bougeaient. David fit lentement le tour de l'endroit. Il y avait là deux cents ou trois cents écrans qui semblaient relier l'hôpital aux unités de combat clouées au sol. Sur certains monitors une lumière rouge clignotait, frénétique. David remarqua que ce signal d'alerte allait toujours de pair avec des images représentant des véhicules renversés, détruits, ou des avions en miettes. L'angle de prise de vue donnait à penser que la transmission provenait de l'engin en détresse lui-même, et que l'image était enregistrée par une caméra dissimulée dans le véhicule, comme une sorte d'œil électronique chargé d'espionner ce qui se passait en bas, à l'intérieur de chaque blindé, de chaque avion, de chaque auto-mitrailleuse...

David examinait les écrans les uns après les autres. Son cœur rata un battement quand il comprit qu'une grande partie de ces images provenait des chars roulant à travers le désert. Les caméras de surveillance émettaient de courtes séquences alternant les scènes d'intérieur et d'extérieur. On voyait ainsi les tankistes ratatinés sur leurs sièges, squelettes que les secousses de la progression commençaient à disloquer, puis la caméra effectuait un panoramique à l'extérieur, offrant une vue générale du paysage et de l'état du blindage. Les mains de David devinrent moites. Il songea que le dispositif avait sûrement été installé pour permettre aux services de santé de secourir les unités en patrouille avec le plus de rapidité possible, mais une autre idée venait de lui traverser l'esprit : et si... et si l'un de ces écrans recevait en ce moment même des images en provenance du Rinocérox ?

Il galopa autour de la salle, parcourant du regard la surface tressautante et bleuâtre des téléviseurs. Et soudain le visage de Fucker Boum-boum se dessina dans l'une des lucarnes lumineuses. David se figea, le cœur battant. L'image était floue, mais on devinait les silhouettes des enfants assis à la proue du char, et le grand corps dégingandé du blondin qui gesticulait comme à l'accoutumée. Les parasites installaient sur tout cela un brouillard de points scintillant qui troublait la définition des contours. David eut beau approcher son oreille de l'écran, il n'entendit aucune voix, aucun murmure. L'image était muette. Sa gorge se serra et un sanglot fit trembler sa bouche. Malgré lui il avait posé les deux mains sur l'écran, comme pour signaler sa présence aux petits pantins bleuâtres perdus tout là-bas sur terre, à des distances qu'il n'arrivait même plus à imaginer. Il réalisa qu'il avait été à deux doigts de crier, d'appeler, de dire bêtement : « Hé ! C'est moi ! Je suis là ! » Il était stupéfait de découvrir à quel point, durant une fraction de seconde, il avait été heureux d'apercevoir le mufle détestable de Boum-boum... Jamais il n'aurait imaginé que...

Il frappa à nouveau sur le verre, se retenant de signaler sa présence par un cri, un appel. Ç'aurait été idiot, n'est-ce pas ? Personne ne pouvait l'entendre. Les autres ne savaient pas qu'il était là. Aucun d'entre eux ne se doutait que le Rinocérox était équipé d'yeux électroniques qui balayaient sa surface en permanence. David avait l'impression de sortir brutalement d'un rêve, d'un seul coup s'effaçait l'atmosphère douillette du solarium, la joie des repas chauds, le goût délicieux des sucreries, la douceur du lit dans lequel il s'enfonçait chaque soir.

Les yeux brouillés par les larmes, il fixait l'écran, essayant de comprendre ce qui se passait en bas, mais l'absence de son et l'image floue ne facilitaient pas les choses. Il vit passer, frôlant l'objectif dissimulé, le profil de Suzie, et il fut rassuré de la savoir toujours en vie. Heureux même.

Il aurait voulu lui parler, lui dire qu'il était toujours vivant, qu'il habitait désormais au cœur d'un nuage... mais peut-être l'avait-elle déjà oublié ? Pour elle il était tombé comme tant d'autres au cours de la nuit, victime des cahots. Il était mort et son corps pourrissait déjà quelque part sur la plaine... Oui, pour le clan il avait cessé d'exister.

Ses jambes tremblaient sous lui et il dut s'asseoir sur une chaise de fer pour ne pas s'effondrer sur le sol.

Les mains sur les genoux, hagard, il regarda l'écran jusqu'à ce que la fatigue oculaire lui brûle les yeux. Il ne s'aperçut même pas que la nuit tombait, ce furent les robots qui le tirèrent de sa fascination et le traînèrent par la main jusqu'à son lit en le morigénant comme un enfant indocile.

***

De ce jour, il revint presque quotidiennement dans la salle d'observation. À peine éveillé, il chaussait ses pantoufles trop grandes et courait à travers les couloirs pour venir s'asseoir devant le téléviseur crépitant de parasites. Il avait oublié le solarium et les pentes neigeuses du nuage, plus rien ne comptait hormis ces courtes séquences alternées qui tantôt lui présentaient les tankistes fossilisés dans le ventre du Rinocérox, tantôt des vues du capot, côté proue et côté poupe. Seule la tourelle – où se trouvaient installées les caméras – restait invisible, hors champ.

Certains jours la définition de l'image se dégradait au point de métamorphoser les enfants en de pâles fantômes gesticulants, d'autres fois, les visages envahissaient la lucarne avec une extraordinaire netteté. David songea que les cahots devaient perturber la mise au point des objectifs, mais il éprouvait toujours un coup au cœur quand Suzie sortait tout à coup de la brume, s'avançait vers la tourelle et envahissait peu à peu tout le champ. Chaque fois il avait l'illusion qu'elle le fixait droit dans les yeux et tentait de lui faire passer un message muet, une supplication... et c'était comme si elle lui avait dit : « Fais quelque chose, je t'en prie. Viens à mon secours... Délivre-nous de Fucker... avant qu'il soit trop tard. »

Mais David ne pouvait rien faire que regarder en chiffonnant sa robe de chambre entre ses mains moites. Il avait fini par comprendre que les choses allaient mal sur le Rinocérox. À force d'observer les gesticulations de Fucker, il avait effectué un certain nombre de déductions.

Avant tout le canon était toujours bouché... Les choses n'étaient pas claires, mais il était manifeste qu'une extrême tension régnait à bord. Les mioches grelottaient de peur et reculaient dès que le blondin faisait un pas dans leur direction. Quant au petit visage de Suzie, il faisait peine à voir. Elle avait pleuré, beaucoup pleuré, cela se devinait à ses yeux gonflés. De plus en plus fréquemment, la caméra surprenait le tremblement convulsif de sa bouche. David en vint à penser qu'elle aussi avait peur de Fucker Boumboum...

Les sautes d'images, les parasites envahissants, les

cahots qui interrompaient parfois la transmission pendant une heure entière, ne permettaient pas à David une bonne vue d'ensemble de la situation. Il lui semblait que quelque chose s'était dégradé... Un problème lié au ravitaillement. On mourait de faim à bord du Rinocérox, et beaucoup d'enfants avaient maigri au point de paraître squelettiques. Fucker régnait en despote sur le clan. David l'avait vu pousser de force un petit garçon dans la soute à vivres... mais le gosse n'était pas remonté, et une fois de plus on n'avait sorti de la trappe qu'une corde cisaillée nette par le robot préposé à la gestion des stocks. Ce jour-là, il n'avait pu s'empêcher de pleurer et s'était essuyé rageusement le visage avec un pan de la robe de chambre.

Certaines séquences éveillaient sa fureur, d'autres le révoltaient ou l'anéantissaient. Peu à peu un soupçon affreux s'était insinué en lui. Il commençait à penser que le clan ne devait sa survie qu'à la pratique du cannibalisme. Il ne possédait aucune preuve pour étayer cette crainte, mais la terreur qu'il lisait dans les yeux des enfants lui donnait à penser que Fucker avait mis ses menaces à exécution et qu'il tirait chaque jour à la courte paille une victime destinée à l'alimentation du clan....

Complètement isolés, dans l'impossibilité totale de sauter en marche sous peine de s'écraser au sol, les naufragés ne survivaient qu'à ce terrible prix. La tribu mourait de faim assise sur une soute à vivres gorgée de nourriture, mais défendue par un robot aux pinces acérées... Le canon, irrémédiablement bouché, interdisant l'accès à la tourelle par une voie détournée, il ne restait plus qu'à mourir d'inanition ou à basculer dans la barbarie... Fucker avait visiblement choisi la seconde solution.

Torturé par l'angoisse, David scruta l'écran, espérant

et redoutant tout à la fois de surprendre une scène révélatrice : la mise à mort d'un mioche... ou pire encore. Les yeux irrités par les longues heures de guet, il ne consentait à se détourner que lorsque la migraine installait une barre douloureuse entre ses sourcils.

Il avait quitté la salle commune et improvisé un lit sur le sol de la rotonde à l'aide d'un matelas récupéré dans une chambre annexe. Couché au milieu du cercle des écrans scintillants, il montait la garde nuit et jour, ne dormant que par à-coups. De temps à autre, un signal d'alerte rouge s'allumait au bas d'un téléviseur. Cela se produisait généralement au terme d'un accrochage, lorsqu'un missile avait éventré un char ou un quelconque véhicule de patrouille. Si les caméras n'avaient pas été détruites par l'explosion on recevait alors une image sens dessus dessous du lieu de la catastrophe, une image montrant l'engin éventré, en pièces. Dès que le clignotant rouge se mettait à scintiller sur le socle du monitor, une sirène retentissait au loin, du côté de la piste d'envol, et l'on entendait alors décoller l'un des hélicoptères de secours qui s'en allait chercher les « blessés ».

David avait fait le compte des ampoules rouges allumées. Il y en avait beaucoup. La nuit elles évoquaient un essaim de petits yeux flottant dans la pénombre. Ce n'était pas une idée qui vous réjouissait le cœur.

Les automates n'avaient pas été longs à dénicher la cachette de l'adolescent, ils continuaient à le visiter avec une grande régularité, lui apportant ses repas et l'auscultant chaque jour. Depuis un moment leurs allées et venues s'intensifiaient même, et David se sentait devenir l'objet d'un curieux chouchoutage qu'il s'expliquait mal, comme si on l'avait élu malade favori de l'hôpital des nuages. On le gavait de nourriture, de vitamines. Il grossissait, et chaque fois que son regard tombait sur l'écran bleu du monitor où se profilaient les silhouettes décharnées des mioches, il sentait la mauvaise conscience le submerger.

Oui, il avait honte de les espionner alors que lui-même ne manquait de rien, honte de ne pouvoir leur venir en aide, honte de ne pouvoir leur expédier un peu de cette nourriture si abondante ici, de cette nourriture qu'on servait inutilement à des squelettes desséchés, et qu'un robot nettoyeur finissait par faire disparaître dans la trappe d'une soute à ordures où les aliments se changeaient en cendre.

Il assistait à l'agonie des siens le ventre plein, un soda à la main, mastiquant nerveusement ces friandises que les automates ne cessaient de renouveler.

Et pendant ce temps, Fucker Boum-boum, l'ogre fou, allait survivre sur la chair du clan, dévorant les enfants les uns après les autres, jusqu'à ce qu'il ne reste plus que... Suzie...

David souffrait d'insomnie, mais dès qu'il s'éveillait au milieu d'un cauchemar les automates se précipitaient pour lui injecter un quelconque tranquillisant qui le faisait basculer dans l'inconscience.

L'impuissance le minait et ses yeux lui faisaient de plus en plus mal. Il ne pouvait déjà plus surveiller les écrans qu'à travers le filtre des lunettes noires volées au solarium.

La nourriture l'écœurait. Il cessa de manger, provoquant l'affolement des robots. On l'alimenta par piqûres, veillant à ce qu'il ne perde pas de poids, mais David se serait voulu maigre, émacié, comme ses compagnons lointains, comme ces fantômes bleuâtres qui habitaient la lucarne du monitor.

Un soir, alors qu'il luttait contre l'engourdissement

des soporifiques, il vit Fucker et Suzie, couchés l'un sur l'autre à l'arrière du char. Il faisait nuit sur la plaine, mais les caméras du Rinocérox se moquaient de l'obscurité.

Fucker et Suzie étaient emboîtés l'un dans l'autre, comme des adultes. Ils faisaient l'amour.

Au matin David quitta la salle d'observation, bien décidé à ne plus jamais y remettre les pieds.

CHAPITRE XIV

À présent David n'était plus aussi heureux qu'auparavant. Quelque chose s'était cassé dans la mécanique de son bonheur. Les rouages continuaient à tourner, mais ils accrochaient quelque part, et lui faisaient mal.

Il déambulait dans l'hôpital désert, désœuvré. Parfois, obéissant à une impulsion, il donnait des coups de pied aux robots.

« Bons réflexes, commentaient alors les machines idiotes, excellente tonicité musculaire. »

C'est en ouvrant une porte parmi tant d'autres qu'il pénétra au cœur de l'hiver. Il faisait terriblement froid dans la pièce qu'éclairait la lueur bleue provenant d'une machine bizarre posée dans un coin. David hésita. Le gel lui piquait les joues, mais la curiosité le poussait en avant. Il passa le seuil, s'avança vers la grande boîte de verre d'où jaillissait une profusion de tubes et de fils électriques. Cela ressemblait à un sarcophage ou à un cercueil vitré. La surface du hublot, couverte de givre, ne permettait pas de distinguer véritablement ce qui se cachait au fond du container, mais il eut l'impression qu'il s'agissait d'un gros bonhomme tout nu, pris dans la glace, et qui paraissait mort ou du moins endormi pour un sacré bon moment.

Il n'était pas bien beau avec son crâne rasé et sa moustache. Il avait même un air méchant qui ne donnait pas envie de le connaître davantage. David s'étonna, c'était le premier individu recouvert de chair qu'il rencontrait dans l'hôpital. Sans doute la boîte de verre l'avait-elle protégé des gaz asphyxiants et corrosifs qui avaient dissous les autres pensionnaires ?

L'adolescent se dandina d'un pied sur l'autre, ne sachant quelle attitude adopter. Fallait-il cogner sur la boîte pour réveiller l'inconnu ?

Avisant un enregistreur de diagnostic au pied du sarcophage, il pressa machinalement sur le bouton de lecture. La voix synthétique d'un robot résonna dans la pièce.

« L'état du colonel Sprow est toujours satisfaisant, disait l'automate. La conservation par cryogénisation a préservé le corps de toute altération. Nous allons bientôt pouvoir entamer la phase de réactivation et procéder à la transplantation des organes lésés. Le colonel Sprow, atteint par plusieurs éclats d'obus, souffrait d'une double déchirure cardiaque et pulmonaire irréparable en l'absence de tout donneur potentiel, c'est pourquoi il a été placé en état de vie suspendue. Aujourd'hui, nous sommes en mesure de tenter une greffe à partir des organes du première classe Waslow Kodeck, soldat en bonne forme physique, mais dont l'état mental a régressé jusqu'à l'âge de douze ans, ce qui le rend inapte au service armé et à la manipulation des machines offensives. Le première classe Kodeck ayant récemment donné des signes de dépression et commencé à maigrir, nous nous proposons de prélever sans tarder les organes dont nous avons besoin, et pour cela de communiquer sa longueur d'ondes électro-encéphalique à l'unité chirurgicale de prélèvement.... »

Le bla-bla continua encore un bon moment, égrenant des termes de plus en plus complexes que David n'avait jamais entendus, puis l'enregistreur s'arrêta de lui-même. David demeura au pied du sarcophage, à fixer le vilain bonhomme noyé dans la glace. Qui était ce Waslow Kodeck qu'on allait ouvrir en deux pour voler ses boyaux ? Le nom était familier à ses oreilles, mais il ne parvenait pas à se rappeler où il avait bien pu l'entendre.

Waslow Kodeck... Waslow Kodeck... C'était un soldat, mais David n'avait jamais rencontré personne de vivant au cours de ses déambulations. L'homme se trouvait-il retenu dans une autre aile de l'hôpital ? Dans ce cas, il fallait le prévenir qu'une machine allait bientôt se lancer à sa poursuite pour lui ouvrir la poitrine et lui voler le cœur, les poumons... Tout ça pour sauver un colonel à la vilaine figure. Tout ça parce que le pauvre Waslow avait été traumatisé et n'était plus capable de faire correctement la guerre. C'était sacrément dégueulasse.

Oubliant ses malheurs des derniers jours, David se lança dans le dédale des corridors, bien décidé à découvrir le malheureux malade qu'on se préparait à tailler en pièces. Si le pauvre gars avait régressé jusqu'à l'âge de douze ans ce serait facile de lui parler... Ils auraient en quelque sorte tous les deux le même âge, et avec un peu de chance ils deviendraient des copains. Ragaillardi à cette idée, David redoubla de zèle, poussant toutes les portes, visitant toutes les chambres. Partout cependant il ne rencontra que des squelettes. Waslow Kodeck demeurait introuvable. À la fin, n'y tenant plus, il appela à tue-tête, provoquant les protestations des robots qui lui signifièrent vertement qu'il se trouvait dans un hôpital et non sur un champ de foire. « Pauvres gamelles ! leur cria David, y' a rien que des morts ! Ils peuvent pas entendre !

– Vous êtes négatif et pessimiste, lui rétorqua une machine. Ici personne n'est tout à fait mort, il suffit d'avoir de la patience pour guérir... »

Après une interminable course, David se laissa tomber dans un fauteuil d'osier, au milieu de ce qui semblait être une salle d'attente. Il avait mal aux pieds et ses jambes lui paraissaient usées jusqu'au genou. Un grand miroir lui renvoyait son image un peu ridicule. Il avait l'air d'un petit garçon qui se promène, déguisé avec les vêtements de son père... Un petit garçon qui veut jouer au monsieur...

Et tout à coup un éclair le frappa, lui déchirant le cerveau en deux. Il venait de voir la plaque d'identité militaire qui se balançait sur sa poitrine... La plaque qu'il avait volée dans l'épave du half-track...

Waslow Kodeck c'était lui.

L'incrédulité le tint un long moment figé sur son siège, l'œil accroché au reflet métallique de la médaille d'identification codée. Il eut un geste pour l'arracher, la jeter au loin, écarter la malédiction, mais il sut d'emblée que ce serait inutile. La voix avait parlé *d'ondes cérébrales*, cela signifiait que les robots avaient pris l'empreinte de son cerveau et que leurs détecteurs seraient désormais capables de le suivre à la trace, reniflant ses pensées comme de simples odeurs corporelles. Dès qu'une idée, une image lui traverserait l'esprit, elle trahirait l'endroit où il se cachait... Il essaya de faire le silence dans son crâne, mais c'était impossible. Au bout d'un moment, des choses remontaient à surface : des mots, des images, des lambeaux de phrases souvent incompréhensibles.

On ne pouvait pas s'empêcher de penser.

Il se redressa enfin, l'œil aux aguets. Maintenant il savait pourquoi on l'avait tant chouchouté au cours des derniers jours : on l'avait engraissé en prévision de la mise à mort. On ne l'avait remis en forme que pour mieux lui voler ses organes. Il avait été dupé.

Il parcourut lentement le dédale des couloirs, hésitant à chaque croisement, tremblant à l'idée que la machine de prélèvement pouvait se cacher là, à l'angle du mur. Il l'imaginait sous la forme d'une énorme araignée de métal aux pattes armées de couteaux et de pinces, d'un buisson de lames acérées se déplaçant avec une extrême rapidité et capable d'escalader les murs et les plafonds pour se laisser tomber sur vos épaules.

Pour faire moins de bruit, il abandonna les pantoufles, mais ses pieds nus, humides de sueur, claquaient sur le lino avec un désagréable bruit de succion. Il avançait au ralenti, regardant fréquemment par-dessus son épaule et sursautant au moindre bruit. Il guettait la machine. La machine qu'on avait lancée sur ses traces.

De retour dans la salle commune il hésita à se coucher. La méfiance s'était installée en lui. Il lui fallait s'organiser, dresser un plan de bataille, mais il était anéanti. Tout s'écroulait d'un coup : le paradis du solarium, le territoire magique des montagnes nuageuses, cette paix trompeuse à laquelle il s'était déjà habitué. La peur revenait, et avec elle la perspective des nuits d'insomnie, la tension nerveuse. À nouveau il allait vivre les sens en alerte, analysant les bruits, les craquements, anticipant la venue du danger. L'hôpital n'était pas ce sanctuaire dont il s'était cru, un instant, l'hôte d'élection... Non, c'était un piège, comme la plaine, comme le Rinocérox, comme le reste du monde. Il pleura longuement, laissant les larmes rouler sur ses joues sans chercher à les essuyer. C'était fini, il ne dormirait plus jamais de ce sommeil confiant dont il avait trop brièvement apprécié la saveur. Plus jamais il ne s'enfouirait dans ses draps en ne songeant à rien d'autre qu'à jouir de l'anéantissement bienheureux du sommeil. Non, car il y avait en ce moment même, quelque part dans le dédale des couloirs, une machine qui le cherchait pour l'ouvrir en deux et lui voler son cœur, ses poumons... Une machine qui voulait le tuer pour sauver un militaire pris dans la glace.

***

Il entraperçut la préleveuse automatique le lendemain matin. Il n'avait jamais vu d'unité chirurgicale robotisée, mais il sut d'emblée que cette chose le cherchait, lui et personne d'autre. Elle sortait d'un ascenseur en cliquetant et ses yeux-caméras exploraient le couloir, dressant une carte des obstacles à franchir. Elle ne ressemblait pas du tout à une araignée géante. C'était en fait une grosse boîte munie d'une douzaine de bras articulés surmontant une infernale imbrication d'appareils de mesures médicales, de bonbonnes de sang et de sérum. Lourde, emplissant presque tout le couloir, elle progressait lentement en bourdonnant. David songea qu'elle n'était guère différente d'un char d'assaut, elle était seulement plus propre et en meilleur état, mais ses chenilles de caoutchouc roulaient avec la même régularité, la propulsant avec une obstination que rien ne semblait pouvoir affecter. Par bonheur, elle ne paraissait pas équipée pour la course. On ne l'avait sans doute pas programmée pour courir derrière un patient en fuite ; jamais elle n'avait eu à galoper aux trousses d'un malade cherchant à s'échapper, et jusqu'à présent elle n'avait opéré que des hommes sous anesthésie, immobiles. Le cas de David était donc nouveau pour elle. Déroutant, peut-être même incompréhensible, et elle cherchait avec un brin d'étonnement ce donneur d'organes récalcitrant dont les coordonnées ne cessaient de se modifier d'une heure à l'autre.

David s'immobilisa à l'angle du couloir, pourtant la préleveuse l'avait déjà repéré. L'un des bras articulé s'était déployé, tenant une seringue entre ses griffes préhensiles. Sûrement une drogue destinée à plonger le sujet dans l'inconscience pendant qu'on le triturait et le délestait de ses précieux organes... David se mit à courir, à petites foulées, mais la machine n'accéléra nullement pour tenter de le rattraper, comme il l'avait craint tout d'abord. Une fois de plus il constata avec un certain soulagement qu'on n'avait manifestement pas inscrit cette conduite dans le cerveau artificiel de l'unité chirurgicale, et qu'elle ignorait quelle attitude adopter en cas de dérobade obstinée du malade.

« Saloperie ! lui cria David, grosse poubelle merdeuse ! Tu ne m'auras pas ! Tu ne m'auras pas ! »

Mais la préleveuse ne s'émut guère de ces injures. Elle ne parlait pas, elle se contentait d'avancer, lourde, entêtée, négociant les virages avec prudence. David, qui s'était préparé à affronter un monstre véloce, s'en trouva désorienté. Après avoir couru sur quelques mètres, il s'arrêta et revint en arrière pour défier l'unité de prélévement. Il fut un peu déçu de constater que ses gesticulations n'éveillaient aucun écho dans le cerveau de l'automate qui continuait à progresser avec la même lenteur.

David poussa un soupir. Alors la préleveuse, ce n'était que ça ? Ce truc plus lourd qu'un char endommagé patinant dans la boue ! Ce serait du gâteau de se tenir hors de portée de ses griffes, et chaque fois qu'elle entrerait dans une pièce, il aurait tout le temps de s'en aller sans se presser, les mains dans les poches, en sifflotant même.

Sautillant et poussant des cris de triomphe, il abandonna la machine à son interminable reptation et regagna le solarium.

Pendant deux heures il jouit d'un intense sentiment de soulagement, puis, alors qu'il s'étirait dans son fauteuil de plage, un robot s'approcha et lui tendit une orangeade en déclarant : « Avez-vous faim soldat Kodeck ? Désirez-vous un sandwich ? Des gâteaux ? »

David sursauta. Il réalisa tout à coup que l'automate-serveur était venu directement vers lui, sans s'occuper des autres « malades », ce qui ne correspondait nullement aux coutumes du solarium. D'habitude la machine allait docilement de squelette en squelette pour s'enquérir des souhaits de chacun. En l'absence de réponse, elle s'éloignait en direction du fauteuil suivant, ne parvenant qu'en fin de course à la hauteur de David. Aujourd'hui elle avait traversé toute la salle en diagonale pour s'approcher du garçon... Comme si ses cellules visuelles avaient isolé cette unique cible au milieu de la foule des convalescents. David regarda le verre d'orangeade avec méfiance. Une idée désagréable venait de lui traverser l'esprit. *Et si...* et si la préleveuse avait imaginé d'utiliser les petits automates pour rabattre le gibier vers la salle d'intervention ? Et si l'orangeade était droguée ?

La machine était lente, mais il suffisait qu'il s'endorme pour qu'elle ait tout le temps de le rattraper. Un somnifère léger pouvait immobiliser cette proie trop remuante, instable, qui ne cessait de se déplacer à travers la géographie de l'hôpital. Un somnifère, deux heures de sommeil, et l'unité chirurgicale pourrait mener son travail à bien. C'était aussi simple que cela... David jeta le verre sur le sol et s'enfuit, bousculant les squelettes qui prenaient le soleil.

À cette seconde il comprit qu'il devrait se méfier de tout ce que les automates lui apporteraient avec leur obligeance coutumière : nourriture, boissons, sucreries... Un ordre inaudible avait été lancé. Un ordre qui disait : Immobilisez Waslow Kodeck, endormez-le ! Donnez-moi le temps de m'approcher assez près... Tout près...

David frissonna, l'oreille tendue, tentant de localiser le bourdonnement de la préleveuse en marche. Elle était lente, mais rusée, elle allait lancer ses valets à ses trousses. Elle savait qu'il devrait forcément manger et boire, et elle allait faire droguer tous les plateaux-repas sortant des cuisines. Désormais on ne trouverait pas dans tout l'hôpital un verre d'eau, une assiette de purée qui ne contienne un puissant soporifique...

David réfléchissait à toute vitesse. La peur lui grignotait le cerveau. Il aurait suffi qu'il boive une seule gorgée de jus d'orange pour qu'il s'endorme, le nez sur la vieille revue jaunie qu'il feuilletait machinalement. La frayeur lui donnait soif. Il fut tenté d'entrer dans les toilettes de l'étage pour boire au robinet, mais il se figea... et si le circuit d'eau potable avait lui aussi été mis à contribution pour véhiculer le somnifère ? Cela n'avait rien d'impossible. Il avait suffi d'un ordre transmis à l'ordinateur régissant les échanges à l'intérieur de l'hôpital. Rien d'invraisemblable là-dedans. Si elle le désirait, la grande préleveuse pouvait mobiliser toute l'organisation cybernétique de l'antenne médicale volante contre Waslow Kodeck...

David haletait. La drogue, partout... dans l'eau, dans la nourriture. S'il ne voulait pas crever de faim et soif, il lui faudrait accepter le risque du piège chimique... Du sommeil artificiel...

Sachant qu'il disposait de peu de temps pour s'organiser, il entama une grande exploration des placards. Il ouvrit des dizaines de portes, renversa des centaines d'étagères. Il entassait ses trouvailles dans une taie d'oreiller, mais le butin était maigre : quelques vieux paquets de biscuits oubliés par des aviateurs, deux bouteilles de vin, des conserves sans doute périmées, trois rations journalières de survie comprenant des tablettes nutritives-hydratantes. Tout cela était vieux, couvert de poussière, mais ne permettait guère de soutenir un siège interminable. David comprit qu'il devrait se restreindre s'il voulait durer... Après les agapes des derniers jours, ces restrictions brutales lui parurent insupportables. Il fut effrayé de constater à quel point son séjour à l'hôpital l'avait amolli, lui, l'ancien coureur de plaines. Il avait suffi d'une semaine de suralimentation pour se déshabituer de la faim et pour que le trou qui se creusait en ce moment même dans son estomac lui soit intolérable.

Il lui fallait une arme. Dans une resserre à matériel, il dénicha un lourd tuyau d'acier qui constituerait une magnifique matraque. Ainsi pourvu, il reprit son errance au sein des corridors, veillant toujours à mettre le plus de distance possible entre la grande préleveuse et lui.

Fatigué, il s'étendit sur le carrelage pour dormir. D'instinct, il avait retrouvé les conduites de survie en usage sur la plaine. L'oreille collée au sol, il sommeilla, prêt à se redresser dès que la vibration du linoléum trahirait l'approche de la machine. Il se fit la réflexion qu'en définitive rien n'avait changé. Il guettait l'unité chirurgicale robotisée comme jadis il avait guetté le va-et-vient des chars. C'était le même bruit régulier, à peu de choses près. Ce grignotement sourd des chenilles-squelette se dévidant à l'infini... Cette même approche du danger...

Il ne s'assoupit qu'une dizaine de minutes. Les petits automates l'avaient déjà retrouvé, ils se pressaient à sa rencontre, portant des plateaux-repas, des bouteilles de soda. « Soldat Kodeck, il faut manger, nasillaient-ils. Vous allez vous affaiblir si vous jeûnez ainsi. »

Manger... manger... le mot sortait de leurs haut-parleurs comme une litanie. Dans leurs pattes de fer, il y avait des plateaux aux alvéoles remplis d'aliments odorants, de portions de viande laquées d'une sauce appétissante plus épaisse qu'un caramel... David prit la fuite après avoir donné un coup de pied dans les plats qu'on brandissait sous son nez. Il courait, la taie d'oreiller contenant ses maigres vivres ballottant sur son dos.

Il savait que le siège ne faisait que commencer et il n'entrevoyait aucun moyen de s'en sortir. Les automates n'étaient pas programmés pour adopter des comportements de violence, mais ils étaient nombreux. Ils n'enfonceraient pas les portes, ne le poursuivraient pas comme une meute de chiens fous, mais ils l'assiégeraient patiemment, attendant que la faim le torture et le fasse sortir de sa cachette.

David courait, tournant en rond. Il avançait à demi courbé, le tuyau de fer brandi, prêt à frapper le premier robot qui oserait s'approcher, une seringue au bout des pinces... Ils n'étaient pas programmés pour l'attaquer, certes, mais ils pouvaient toujours décider de le soigner... et même de le soigner contre son gré, cela c'était permis. Ils l'endormiraient sans que cet acte soit assimilé par leurs circuits à une quelconque forme d'agression. C'était pour son bien, n'est-ce pas ? Pour l'empêcher de souffrir pendant qu'on l'ouvrirait en deux... Qu'est-ce qu'on pouvait répondre à ça ?

Ce fut une journée éprouvante, faite de terreur, de rage et de désespoir. David savait que le temps travaillait contre lui. Tôt ou tard la fatigue, la sale fatigue, l'abattrait sur le dallage, le sonnant comme un coup de matraque, et il n'entendrait pas venir l'ennemi. Les petits robots s'approcheraient alors, le piqueraient à la saignée du coude et préviendraient la préleveuse que le gibier était enfin immobilisé.

Le temps, et l'épuisement... la faim ajoutée au manque de sommeil. Combien de jours pouvait-on tenir à ce rythme ? Le bien-être l'avait amolli, il n'avait plus rien du louveteau décharné qu'il avait été, jadis... une semaine plus tôt. La paix, la quiétude, l'avaient abîmé, démoli. Sa cuirasse s'était émiettée. Les vertiges du solarium l'avaient rendu faible.

À partir de ce moment, il se barricada quand il voulait prendre un peu de repos. Pour ce faire, il lui fallait trouver des pièces dont il pouvait bloquer les portes. Des pièces à double entrée qui ne risquaient pas de se changer en cul-de-sac. Il glissait des chaises sous les poignées, des cales de bois sous les battants, au ras du sol, puis il s'allongeait pour un sommeil chaotique d'une demi-heure. Les robots le retrouvaient toujours. Ils se pressaient de l'autre côté de la porte, chargés de nourritures parfumées dont la simple odeur faisait saliver David comme un chien malade.

« Il faut vous nourrir, soldat Kodeck ! » chantonnaient-ils avant de détailler le menu du jour. Lorsqu'il quittait sa tanière d'un moment, David devait s'ouvrir un chemin à coups de gourdin, frappant sur le capot des automates pour les contraindre à s'éloigner. Les petits robots détestaient les chocs et battaient tout de suite en retraite. Parfois, dans la confusion des membres articulés, David distinguait l'éclat d'une aiguille, d'une seringue. Il prenait la fuite, sabrant l'air autour de lui pour repousser l'assaillant. Il tremblait à l'idée de se retrouver nez à nez avec la préleveuse. Un jour, il le sentait, il ouvrirait la porte... et elle serait là, énorme et silencieuse. Trop fatigué, il ne l'aurait pas entendue venir. Il ouvrirait la porte, et elle le saisirait, comme un enfant rebelle. Elle le soulèverait de terre et lui enfoncerait une aiguille dans la gorge. L'engourdissement viendrait tout de suite, puis le sommeil... Puis...

Il ne pourrait pas toujours lui échapper. Il avait faim, abominablement soif, et ses forces diminuaient. Le piège se refermait, un piège qui, en dépit de sa faiblesse, l'obligeait à se déplacer sans cesse, au moindre bourdonnement, à la moindre vibration du sol. Courir, toujours courir. Ses jambes et ses paupières devenaient lourdes.

Une fois, il eut l'idée de se rendre chez le colonel Sprow et de casser la machine qui maintenait le vilain bonhomme en état de vie suspendue, mais il cogna vainement sur le sarcophage, essaya d'arracher fils et tuyaux. Le congélateur tint bon et pas une fêlure n'apparut sur le hublot de la machine. Le militaire au crâne rasé ne daigna pas ouvrir les yeux. Hors d'atteinte, il attendait... David battit en retraite, les bras douloureux d'avoir déployé tant d'efforts inutiles. Il devinait qu'il était en train de perdre la partie. Ses provisions s'épuisaient rapidement. Les gâteaux s'étaient révélés pourris, les conserves toxiques, seules les rations miliaires lui permettaient de ne pas totalement mourir de faim. Mais les tablettes, si elles réhydrataient à peu près son corps, ne le débarrassaient pas de l'intolérable impression de dessèchement qui lui cartonnait la bouche. Il sentait venir le moment où la lassitude l'emporterait, où la faim le pousserait à marcher vers les aliments qu'on lui tendait et à manger... à manger. À boire aussi. À boire des litres d'orangeade glacée... d'orangeade droguée. Ce serait son dernier repas, sa dernière étincelle de conscience. Si cela devait se produire, il décida qu'il s'arrangerait pour s'endormir dans la rotonde de surveillance, l'œil fixé sur les images retransmises par les caméras du Rinocérox. En regardant une dernière fois le visage amaigri de Suzie.

Les maigres rations de survie s'épuisèrent à leur tour, et la faim, la soif, grandirent jusqu'à occuper tout son esprit. Désormais il titubait au long des corridors, luttant pour ne pas s'endormir. Chaque fois qu'il s'asseyait, le sommeil lui plombait les paupières, l'abattant sur sa chaise.

À trois reprises il échappa de justesse à la seringue qu'un automate approchait de son bras. Deux fois, il vit la silhouette de la grande préleveuse se dessiner au bout d'un couloir. L'écart diminuait. Elle reniflait ses talons, il n'avait plus assez de force et de présence d'esprit pour déjouer l'approche de la machine. La faim faisait bourdonner ses tempes en permanence, lui interdisant de repérer le ronron de l'unité chirurgicale en mouvement.

« J'suis foutu… » pensait-il de plus en plus fréquemment.

Il voulait contempler Suzie une dernière fois, ne pas partir sans avoir revu son profil de chatte de gouttière. C'était bête, Suzie se fichait pas mal de lui, mais c'était comme ça...

Traînant les pieds, il se rendit dans la rotonde bleuâtre tapissée d'écrans. Il était à bout de résistance et avait le plus grand mal à garder les yeux ouverts. Il s'assit face aux téléviseurs, fixant les signaux émis par le Rinocérox. Il était tôt, et les mioches dormaient encore, vautrés à la proue du char comme une nichée de chiots maigres serrés flanc contre flanc.

David fixait l'écran, se forçant à ne pas prêter

attention aux petits robots dont il devinait l'approche sournoise et têtue. Ils l'avaient localisé, une fois de plus, ils convergeaient tous vers la salle de surveillance, la seringue levée.... et cela faisait des dizaines d'aiguilles...

David voulait voir Suzie. Seulement Suzie. Il espéra qu'elle allait passer devant les caméras avant que les automates ne soient sur lui, avant que le sommeil artificiel ne lui ferme les yeux à jamais.

« Soldat Kodeck, murmuraient les robots, si vous ne bougez pas cela ne vous fera pas mal... »

C'est alors que David vit les mouettes, là-bas, sur la lucarne bleue du téléviseur. Deux mouettes de fer à l'horizon de la plaine, volant en droite ligne à la rencontre du Rinocérox. Elles filaient avec une extrême vélocité, sans doute attirées par la double cible que représentaient Fucker et Suzie.

Ce fut rapide, insaisissable. À peine une ombre à la surface du verre bombé, et tout de suite le canon se redressa. Le mouvement du long tube effectuant ses corrections de visée fit trembler la tourelle et la caméra. L'image devint floue. Une grande confusion s'était emparée des naufragés du Rinocérox. Des silhouettes blanches couraient en tous sens, se heurtant, se renversant. Les mouettes grossissaient de seconde en seconde tandis que la bouche à feu les prenait dans sa ligne de mire. Et soudain le visage de Suzie envahit tout l'écran, pâle, et durant un bref moment David eut la certitude qu'elle le voyait, qu'elle le regardait par-delà les distances... Et même qu'elle allait lui dire quelque chose qu'elle n'avait jamais osé lui avouer...

Il lui sembla qu'elle bougeait les lèvres... puis une déchirure lumineuse raya le monitor qui devint noir. Le canon venait d'ouvrir le feu sur les mouettes occupées à fondre sur leurs cibles.

Le Rinocérox venait d'exploser, comme il l'avait prédi, lui, David, il y avait de cela... une éternité.

Il écarquilla les yeux, mais l'écran était noir, saupoudré d'une poussière de parasites. Tout était fini. Le garçon ferma les paupières. Les robots l'entouraient maintenant, il flairait leur odeur un peu huileuse, il entendait crisser le caoutchouc de leurs chenillettes. Il s'abandonna, les bras ballants, s'offrant aux aiguilles, rien n'avait plus d'importance. Il n'aspirait plus qu'au sommeil... Au moment où la patte articulée de l'un des automates se posait sur son poignet, le petit signal d'alerte rouge s'alluma au bas du téléviseur ; puis le meuglement d'une sirène explosa quelque part du côté de la piste d'envol. David s'ébroua. Comme chaque fois qu'une alerte était déclenchée, les robots obéirent à l'ordre prioritaire qui leur commandait de se regrouper autour de la piste d'envol et de se préparer à accueillir les blessés. La patte de fer lâcha le poignet de l'adolescent, la meute automatisée battit en retraite. David se redressa... Des idées confuses tournaient dans sa tête. Un hélicoptère allait décoller, un hélicoptère qui s'en irait porter secours aux tankistes du Rinocérox détruit...

Obéissant à une impulsion, il se rua dans le couloir et suivit la cohorte des automates qui filait en direction de la piste d'envol. Les robots ne faisaient plus attention à lui. L'ordre prioritaire avait suspendu la traque obstinée des derniers jours, les rendant tout à coup inoffensifs. David les dépassa. Il courait, le cœur prêt à exploser.

Lorsqu'il déboucha sur la plate-forme d'envol, le vent lui coupa la respiration et il crut qu'il allait être emporté par les bourrasques. Au centre de la piste, un appareil portant l'emblème des services de santé se préparait à décoller. David escalada la passerelle, plongea dans le ventre de l'hélicoptère. Perdant l'équilibre, il bascula au milieu des civières. Déjà la porte coulissante se refermait, la machine prenait de l'altitude.

CHAPITRE XV

L'hélicoptère se faufila hors du nuage pour retrouver le ciel gris. Cette fois David ne s'allongea pas sur le plancher au milieu des civières. Il s'était débarrassé de la plaque d'identité magnétique et il savait qu'aux yeux des robots il demeurerait invisible tant que l'ordre prioritaire de récupération et d'acheminement des blessés n'aurait pas été exécuté. Fort de cette impunité, il franchit le seuil du cockpit. Là, comme partout ailleurs, deux cadavres sanglés sur leur siège cliquetaient en face d'un tableau de bord en pilotage automatique. Les vibrations des moteurs avaient émietté leurs mains, et l'un d'eux avait perdu son maxillaire inférieur. David se glissa entre les fauteuils moisis pour observer le paysage à travers le cockpit. Les différentes commandes bougeaient toutes seules, obéissant aux indications du servo-radar.

Tout en bas, sur la peau crevassée de la plaine, montait un panache de fumée étrangement rectiligne. C'était comme un trait noir tiré à l'aide d'une règle et d'un morceau de charbon. L'hélico avait perdu de l'altitude, il volait bas à présent, sans doute pour échapper aux faisceaux de détection des missiles ennemis. Le paysage se ruait à la rencontre de la cabine de pilotage à une vitesse effrayante, et David rentrait malgré lui le cou dans les épaules chaque fois qu'il voyait se rapprocher un bloc de rochers ou un tronçon de muraille calcinée. La traînée de suie grossissait, soudain elle fut là, presque à portée de la main, et sa poussière duveteuse vint se coller aux vitres épaisses de l'appareil. L'hélicoptère passa en vol stationnaire, puis descendit. Le choc de l'atterrissage arracha quelques osselets supplémentaires aux cadavres des pilotes qui se tassèrent un peu plus entre leurs sangles. David se rua vers la porte coulissante et sauta sur le sol en se tordant les chevilles.

Il ne subsistait pas grand-chose du Rinocérox. Juste une corolle d'acier aux pétales tranchants, une curieuse fleur de fer grande ouverte, dilatée, comme pour mieux profiter des rayons du soleil anémié. Le canon, la tourelle, le capot, avaient disparu, déchiquetés par l'explosion de la soute à obus. Ne restait que la caisse, affaissée, avec ses engrenages et son train chenille démantelé. La fumée montait en torsades nerveuses de ce crachat de ferraille fiché dans la boue. David s'approcha de la carcasse. Il savait qu'il était vain d'espérer trouver un survivant dans cet amas de blindages froissés. La déflagration qui avait lacéré le fer avait pulvérisé les vivants. Les débris de tôle, les fragments d'engrenages, avaient été éparpillés sur un rayon de deux cents mètres. Ils s'étaient plantés dans le sol comme des échardes noircies, souvent inidentifiables. David décrivit un cercle autour de l'épave. Le métal n'avait pas encore refroidi et la chaleur était intense, lui interdisant de poser le pied dans les décombres du char. Il haussa les épaules, de toute manière à quoi cela aurait-il servi ? Tout était fini maintenant. Le clan n'existait plus, il était devenu l'un de ces orphelins des plaines condamnés aux errances solitaires et qui, à l'âge où les mouettes commençaient à leur renifler les talons, mendiaient pitoyablement une place au sein d'un impact.

David déambulait au milieu des débris, des boîtes de conserve aplaties, des pièces mécaniques à demi liquéfiées. Au bout d'un moment, il buta sur une silhouette de fer charbonneuse plantée de guingois dans la fange. Cela ressemblait vaguement à un homme, mais ce n'était qu'un automate muni de quatre paires de bras. Certains de ces membres se terminaient par des cisailles. David comprit qu'il se trouvait en face du robot-cuisinier, celui par qui le malheur s'était abattu sur le char. La machine avait été amputée à partir de la taille, et sa tête se réduisait à une demi-sphère de métal dont tous les composants avaient été arrachés. Elle était morte, elle aussi.

David continuait à marcher en rond, essayant parfois de se rapprocher de l'épave, reculant aussitôt sous la morsure de la chaleur. Il n'avait aucune idée de ce qu'il allait faire maintenant. Il tournait, tournait, comme un papillon autour d'une flamme.

Les robots descendus de l'hélicoptère l'imitaient. Leurs cellules visuelles braquées vers le sol, ils fouillaient patiemment la boue à la recherche des osselets éparpillés des tankistes que la déflagration avait arrachés du ventre du Rinocérox. Ils procédaient avec une extrême minutie, ramassant jusqu'à la moindre phalange qu'ils se dépêchaient d'enfouir dans un sac. David les imagina là-haut, à l'hôpital des nuages, penchés sur ce puzzle macabre, recomposant un à un les squelettes dissociés par l'explosion. Cela leur prendrait des jours, des semaines peut-être, mais ils ne renonceraient pas. Là-haut, la mort n'était qu'un état temporaire, n'est-ce pas ? Il fallait être patient, c'est du moins ce que chuchotait la voix qui nasillait à l'intérieur des haut-parleurs.

L'adolescent réalisa qu'il devait rompre le fil, s'éloigner de la carcasse du char éventré. Il n'avait plus rien à faire ici, et il n'était pas davantage question de retourner à l'hôpital où l'attendait la préleveuse. Alors ?

Tournant le dos à l'épave brûlante, il se contraignit à marcher droit devant. Vers nulle part. Les cinquante premiers mètres furent les plus durs, car il lui fallait lutter contre l'envie qui le tenaillait de regarder sans cesse par-dessus son épaule. Cela ne servirait à rien, il ne fallait pas... Le clan n'existait plus. Le Rinocérox, en mourant, l'avait emporté dans le déluge de ses entrailles embrasées. Tout cela c'était du passé... Le temps d'Avant.

Il s'éloigna peu à peu de l'hélicoptère. Les robots ne firent rien pour le retenir, ils continuaient à fouiller la boue. La collecte des ossements leur demanderait peut-être trois mois, mais ils la mèneraient à bien et ne remonteraient à bord de l'appareil qu'une fois le terrain passé au peigne fin. David n'avait aucune envie de contempler leurs investigations maniaques jusqu'à la fin des temps, il pressa le pas. Les robots n'étaient pas de vrais compagnons, pas plus que les squelettes. Il avait au moins appris ça.

Il avait la tête vide et un grand trou dans la poitrine, comme si, en explosant, le Rinocérox lui avait arraché une partie de ses organes, comme si la grande préleveuse avait à son insu mené sa mission à bien. Il avançait mécaniquement, mais il se sentait aussi creux qu'un robot.

Tout autour de lui, le paysage avait été labouré par les scories de l'explosion et les morceaux du blindage déchiqueté sortaient du sol comme les plaques dorsales d'un dinosaure. Il y avait des boîtes de conserve également. Aplaties, cabossées, triturées. Toute la réserve de vivres avait été projetée dans les airs, retombant à des centaines de mètres du lieu de la catastrophe. David marchait. Il s'était juré de ne pas se retourner tant que le vent aurait un goût de fumée. Après, ça n'aurait plus aucune importance.

Il rencontra les mioches au détour d'un éboulis. Ils étaient cinq, nus et boueux, occupés à ramasser les conserves enfoncées dans la fange. Malgré leur saleté, David les identifia. Ils appartenaient au clan. Ils s'immobilisèrent en l'apercevant, et pendant une seconde ils parurent sur le point de s'enfuir. Ils avaient reconnu David, mais les étranges vêtements dont il était affublé, son pyjama et sa robe de chambre, leur faisaient peur. Étaient-ce là des habits de fantôme ? Ils se dandinaient, ne sachant s'ils étaient en présence d'un être vivant ou d'un spectre revêtu de son uniforme infernal.

Dès qu'ils furent rassurés, ils se mirent à parler tous en même temps, dans un charabia incompréhensible. David dut les faire taire, et exiger qu'ils s'expriment dans une autre langue que le « marmot ». Ce n'était guère facile pour eux, et l'adolescent mit un bon moment à comprendre leur histoire.

Ils n'étaient pas sur le char au moment de l'explosion, et c'était uniquement pour cela qu'ils avaient survécu. En fait, on les avait jetés par-dessus bord quelques minutes auparavant. Pas pour les tuer, non, pour essayer de les sauver au contraire.

« C'est Suzie, expliqua un gamin, elle ne voulait plus que Fucker tire les bébés à la courte paille pour les manger. Elle nous a dit de sauter dans le vide, là où la boue était épaisse, mais on avait peur, alors elle nous a poussés d'un coup pendant que Boum-boum dormait... »

Selon l'enfant, elle agissait ainsi depuis plusieurs jours, mettant à profit le sommeil de l'ogre pour faire basculer dans le vide les petits parmi lesquels le blondin choisissait ses proies. « Elle nous disait : « il faut profiter de la boue, peut-être que vous vous y enfoncerez sans vous casser la tête. Lorsque vous vous retrouverez tous ensemble, faites ce que disait David : revenez en arrière et cherchez les aires de parachutage. C'est lui qui avait raison. » Mais certains sont mal tombés, ils se sont cassé le cou. »

David écoutait, essayant de contrôler le tremblement qui montait dans sa gorge. Jamais il n'aurait pensé éprouver autant de joie à voir ainsi rassemblés autour de lui ces marmots crottés et jacassants qui lui avaient jadis tellement tapé sur les nerfs.

« Les derniers temps, elle était malheureuse, continuait le mioche. Elle avait compris que Fucker nous mangerait tous, jusqu'au dernier. Elle disait que c'étaient des choses qui arrivaient dans le temps, aux naufragés perdus en mer, mais que c'était tout de même horrible. Et puis Boum-boum essayait toutes les nuits de lui mettre un bébé dans le ventre, et elle n'aimait pas beaucoup ça.

– Et puis, renchérit un autre gosse, elle n'arrivait pas à manger la viande des bébés tirés à la courte paille, chaque fois elle vomissait et Fucker lui criait dessus en disant : « c'est de la nourriture gâchée, c'est de la nourriture gâchée. » Il la battait aussi.

– Elle aurait pu sauter par-dessus bord, avec nous, dit le premier enfant. Mais elle voulait rester jusqu'au bout pour en sauver le plus possible. Le matin, quand Fucker se réveillait, elle disait : « Quel malheur ! Encore trois mioches emportés par les cahots ! ».

Boum-boum faisait la gueule. P'têtre qu'il se doutait de la combine ?

– Et puis elle savait que les mouettes allaient venir, coupa le second mioche. Elle les avait vues tourner à l'horizon. Elle nous disait : « David avait raison, le canon va exploser. Il faut que vous débarquiez avant. » Mais beaucoup avaient peur de se casser le cou, alors ils refusaient de sauter par-dessus bord. »

Ils continuèrent longtemps ainsi, se coupant la parole, se contredisant. David les regardait s'empoigner sans chercher à les séparer. Un seul mot tournait dans sa tête comme une mouette cherchant sa cible : Suzie, Suzie, Suzie... Il était heureux de savoir qu'à la dernière minute elle avait renié Boum-boum et qu'elle était redevenue la petite fille d'Avant, mais bizarrement, cette pensée le rendait encore plus triste.

Comme la nuit tombait, David décida d'organiser un bivouac à l'abri d'un pan de mur qui les protégerait du vent. Là, rassemblés autour d'un feu charbonnant, ils ouvrirent les conserves ramassées dans la boue. Suzie avait confié aux enfants une musette contenant l'habituel nécessaire de survie qu'on trouvait dans les containers de ravitaillement : briquet, ouvre-boîtes, couteau, gamelle. Ils mangèrent en silence, puis les mioches reprirent leur pépiement, heureux de pouvoir raconter leurs aventures. Ils se répétaient, inventaient parfois. Maintenant que la peur ne les tenait plus en son pouvoir, ils évoquaient avec forfanterie le cannibalisme auxquel les avait contraints Fucker. Ils reconnaissaient sans honte avoir mangé du « bébé », d'ailleurs ce n'était pas mauvais... et puis au cours de la dernière semaine on avait tellement faim qu'on se moquait bien de trouver un bout de fesse dans son écuelle, contrairement à ce qu'on avait pu prétendre par le passé. David les pria de lui épargner ces détails, il ne voulait entendre parler que de Suzie. Seulement de Suzie... Oh ! éludaient les enfants, elle avait été bien malheureuse de voir la tournure que prenaient les choses. Elle disait : « Je ne veux pas survivre à ce prix, Boum-boum se trompe, nous ne valons pas ça. » Elle avait refusé de prendre part à la cuisine cannibale, elle avait peu à peu cessé de s'alimenter, et, les derniers temps, elle était d'une grande faiblesse. « Si tu continues à faire la grève de la faim, tu vas crever » lui disait le blondin. Et elle rétorquait avec un pauvre sourire : « Alors tu n'auras qu'à me manger, comme ça tu laisseras les enfants tranquilles. Je ne suis pas grosse, mais je te durerais bien une semaine, non ? »

Alors que l'obscurité s'épaississait, les mioches demandèrent à David comment il avait fait pour survivre, et l'adolescent leur raconta ses aventures à l'hôpital des nuages. Les gosses refusèrent carrément de le croire et l'accusèrent de chercher à se moquer d'eux. Ou alors peut-être qu'il s'était cogné la tête en tombant du char et qu'il avait imaginé tout cela ?

David acquiesça. Oui, peut-être qu'on pouvait voir les choses sous cet angle, en définitive.

Ils dormirent, pelotonnés les uns contre les autres, la robe de chambre boueuse tendue au-dessus de leurs têtes. Au matin ils se remirent en marche.

À midi ils tombèrent sur un second groupe de survivants, des mioches que Suzie avait jetés par-dessus bord quatre jours plus tôt. Ils n'étaient pas nombreux, mais la troupe grossissait, prenant l'allure d'une petite colonne. Ce n'était pas encore un clan, mais c'était mieux que rien... et puis on pouvait encore trouver d'autres rescapés. Il n'y avait qu'à continuer.

Alors que la nuit tombait, l'un des gosses se suspendit à la main de David et demanda : « Où on va maintenant ? »

David songea à la base fantôme perdue au cœur des sables, au milieu des dunes ; à cet aérodrome qu'il avait visité une nuit, par hasard et qui les attendait là-bas, quelque part sur la peau de la plaine... S'il réussissait à en retrouver l'emplacement, ils pourraient tous s'y abriter et grandir à l'abri des mouettes. Ils n'auraient plus jamais faim, plus jamais froid.

David s'arrêta, laissant courir son regard sur la ligne d'horizon. Il faudrait chercher bien sûr, avoir de la patience et ne jamais désespérer, comme disaient les haut-parleurs de l'hôpital des nuages.

Avec un peu de chance, il parviendrait bien à localiser la base perdue avant que les mouettes ne commencent à s'occuper de lui.

Oui, c'était une bonne idée, et il était certain que Suzie, si elle avait pu l'entendre, l'aurait approuvée.

[illegible]

Deux [illegible] perles [illegible]
[illegible]
[illegible]
[illegible] quelque part [illegible] la peau de la [illegible]
[illegible] l'emplacement [illegible]
[illegible] à l'abri des [illegible]
[illegible] plus jamais [illegible]
[illegible] sur lui
[illegible]
[illegible]
[illegible]

Avec un peu de chance [illegible]
[illegible] avant que les [illegible]
[illegible] de lui.

[illegible] et il [illegible]
[illegible]

Achevé d'imprimer sur les presses de

BUSSIÈRE

GROUPE CPI

à Saint-Amand-Montrond (Cher)
en avril 2004

VAUVENARGUES - 14, rue Léonce Reynaud - 75116 Paris
Tél. : 01-40-70-95-57

— N° d'imp. : 42424. —
Dépôt légal : mai 2004.

Imprimé en France